UNA OFERTA ESCANDALOSA

MIRANDA LEE

Editado por Harlequin Ibérica.
Una división de HarperCollins Ibérica, S.A.
Núñez de Balboa, 56
28001 Madrid

© 2017 Miranda Lee
© 2018 Harlequin Ibérica, una división de HarperCollins Ibérica, S.A.
Una oferta escandalosa, n.º 2649 - 19.9.18
Título original: The Tycoon's Outrageous Proposal
Publicada originalmente por Mills & Boon®, Ltd., Londres.

I.S.B.N.: 978-84-9188-372-2
Depósito legal: M-22094-2018
Impresión en CPI (Barcelona)
Fecha impresion para Argentina: 18.3.19
Distribuidor exclusivo para España: LOGISTA
Distribuidor para México: Distibuidora Intermex, S.A. de C.V.
Distribuidores para Argentina: Interior, DGP, S.A. Alvarado 2118.
Cap. Fed./Buenos Aires y Gran Buenos Aires, VACCARO HNOS.

Capítulo 1

CLEO no lloró al dejar flores en la tumba de su marido, pero sí antes, aquella mañana, al darse cuenta de que se le había olvidado que era el aniversario de la muerte de Martin. Al explicarle a su jefe que siempre iba al cementerio con su suegra el día del aniversario del fallecimiento de él, su jefe le había dicho que fuera a recoger a Doreen y que se tomara el resto del día libre.

Y ahí estaba, con los ojos secos mientras la madre de Martin lloraba a raudales.

Quizá ya no le quedaran lágrimas... o quizá ya se le había pasado el dolor. Había querido a Martin, al principio y al final de su relación, pero no entremedias. Le había resultado difícil amar a un hombre que había intentado controlar toda su vida, incluido su trabajo, la ropa que se ponía y las amistades que frecuentaba. Y en el hogar había ocurrido lo mismo; Martin había dispuesto del dinero y había tomado todas las decisiones.

Por supuesto, ella había tenido la culpa. Al principio, le había gustado que Martin se hiciera con el control de todo, le había parecido viril. Esto se había debido a su falta de madurez y de seguridad en sí misma. Ella se había casado con veintiún años, una chiquilla.

Pero, con el tiempo, había madurado y se había dado cuenta de lo sofocante que era estar casada con un hombre del que había dependido por completo y que se había negado a tener hijos hasta que la hipoteca no estuviera pagada y tuvieran el dinero suficiente para que ella dejara de trabajar y se convirtiera en un ama de casa, algo que a Cleo le espantaba. Le gustaba su trabajo en McAllister Mines, a pesar de que había sido Martin quien se lo había conseguido, únicamente porque había trabajado en el departamento de contabilidad de esa empresa.

Cleo había decidido dejar a Martin y había estado a punto de decírselo justo el día que se enteró de que él tenía un melanoma incurable.

Martin había vivido dos años más y, durante ese tiempo, Cleo había vuelto a quererlo. Martin había afrontado su enfermedad con valentía y había llegado a reconocer lo mal que se había portado con ella y le había pedido perdón. Al parecer, había reproducido el comportamiento de su padre con su madre.

Tras la muerte de Martin de un tumor cerebral, Cleo había sufrido una depresión. La había salvado que su jefe, en la empresa McAllister Mines, la había ascendido y la había hecho su secretaria personal; de no haber sido por eso, no sabía qué habría sido de ella.

Sufría de depresión desde la muerte de sus padres en un accidente automovilístico, cuando ella apenas tenía trece años. Sus abuelos paternos, demasiado mayores y demasiado conservadores, se habían echo cargo de ella.

Los ojos se le llenaron de lágrimas al recordar su triste adolescencia.

Doreen, al verla llorar, entrelazó un brazo con el de ella.

–Vamos, cariño –le dijo secándose sus propias lágrimas–. No te pongas triste, ahora Martin ya no sufre, está descansando.

–Sí –respondió Cleo. Por supuesto, no podía decirle a la madre de Martin que no estaba llorando por él.

–Quizá no deberías volver al cementerio, Cleo –añadió Doreen–. Ya hace tres años que Martin murió, hay que dejar el pasado atrás. Todavía eres joven, deberías salir con algún hombre.

–¿Salir con un hombre? –repitió Cleo con incredulidad.

–No sé por qué te sorprende tanto que diga eso –comentó Doreen.

–¿Y con quién crees tú que podría salir?

Doreen se encogió de hombros.

–En tu trabajo debes estar en contacto con muchos hombres atractivos.

–No, la verdad es que no. Los atractivos ya están casados. Además, no me apetece salir con nadie.

–¿Por qué no?

Cleo no podía decirle a Doreen que su hijo le había hecho perder el interés en el sexo. Después de casarse con ella, Martin había querido dictarle qué hacer y cómo hacerlo, hasta el punto en que ella se había sentido obligada a fingir orgasmos con el fin de evitar discutir. La enfermedad le había privado del deseo sexual y, en ausencia de esa relación física, Cleo había recuperado el afecto por su marido.

Sin embargo, a pesar de ello, el daño ya era irreparable. No pensaba en el sexo al mirar a un hombre. No

quería tener relaciones sexuales ni tenía fantasías eró-
ticas. Tampoco se le había pasado por la cabeza volver a casarse. El matrimonio implicaba sexo, implicaba tener en cuenta los deseos de un hombre.

–No quiero salir con nadie –dijo Cleo por fin–. Y
tampoco quiero volver a casarme.

Doreen asintió, como si la comprendiera perfectamente. Debía haberse dado cuenta de que su hijo había sido igual que su marido. Tanto su suegra como
ella habían sido víctimas de maltrato emocional.

Cleo miró a Doreen y sintió pena por ella. Doreen
aún era relativamente joven, cincuenta y dos años, y
atractiva. Su suegra también debería tener relaciones,
debía haber hombres buenos en el mundo.

Sí, claro que los había, como su jefe, pensó Cleo.
Scott era un hombre maravilloso: tierno, cariñoso y
buen marido. Aunque también había cometido alguna
que otra tontería. Seguía sin poder creer lo cerca que
Scott había estado de perder a Sarah, su esposa. Menos mal que todo se había arreglado, a pesar de que la
semana anterior había sido una auténtica pesadilla.

Cleo sacudió la cabeza y suspiró.

–Deberíamos volver a casa ya –comentó Doreen.

Cleo la miró y sonrió. Aquella mujer era mucho
más que una suegra para ella. Desde que vivía con
ella, había ido a su casa poco antes de que Martin falleciera, se había convertido también en su mejor
amiga.

Doreen se había quedado viuda justo antes de que
Cleo conociera a Martin y jamás había tenido una
casa en propiedad. Tras la muerte de Martin, Cleo
había invitado a Doreen a que se quedara a vivir en su
casa permanentemente. Su suegra había aceptado al

instante y ninguna de las dos se había arrepentido de la decisión.

Gracias a que Martin se había hecho un seguro de vida que cubría la hipoteca, Cleo era propietaria de una casa en Leichardt, un barrio de Sídney que se había revalorizado enormemente en los últimos tiempos debido a su proximidad al centro de la capital. La casa no era grande y necesitaba algunos arreglos, pero era suya, lo que significaba independencia y libertad.

–Buena idea –respondió Cleo. Y ambas mujeres echaron a andar hacia el aparcamiento–. ¿Algo interesante en la televisión esta noche?

–No –respondió Doreen–. Podríamos ver una de las películas que tengo reservadas.

–De acuerdo –dijo Cleo, siempre dispuesta a ver una película–. Pero, por favor, que no sea una de esas películas deprimentes.

Antes de que Doreen pudiera contestar, el móvil de Cleo sonó y se apresuró a contestar. Era Scott, como había supuesto. No solía recibir llamadas.

–Es mi jefe –le dijo a Doreen al tiempo que le daba las llaves del coche–. Tengo que contestar. Espérame en el coche, no tardaré.

Entonces, se detuvo y respondió a la llamada.

–¡Scott! ¿Qué pasa?

–Nada serio –contestó su jefe–. Perdona que te moleste. ¿Todo bien en el cementerio?

–Sí, sí, perfectamente.

–Estupendo. Solo quería decirte que he decidido irme a Phuket con Sarah, una especie de segunda luna de miel.

–¡Scott, eso es maravilloso! ¿Cuándo os vais?

–Por eso te he llamado. Salimos mañana al mediodía.

—¡Mañana!

—Sí. Y vamos a estar fuera dos semanas.

—Scott, ¿has olvidado que tienes una cita para almorzar con Byron Maddox este miércoles? –le recordó ella.

Debido a la bajada del precio de los metales y al pozo sin fondo que estaba siendo la refinería de níquel, McAllister Mines estaba teniendo serios problemas financieros. Scott le había pedido que le buscara un socio con el capital suficiente para superar la crisis de flujo de caja. Debido a la urgencia de la situación, Byron Maddox era la única persona que ella había encontrado con el dinero suficiente y dispuesto a invertir.

—No, no lo he olvidado –respondió Scott en tono de no darle importancia–. He pensado que podrías representarme.

—No le va a hacer gracia, Scott. Byron Maddox quiere reunirse contigo, no conmigo.

—No necesariamente. En un principio, solo quiere información antes de decidir qué hacer. Y tú conoces el funcionamiento de la empresa tan bien como yo.

—Muy halagador, pero falso.

—No te subestimes, Cleo. Tengo plena confianza en ti.

Scott se iba a marchar y la iba a dejar encargada del asunto. Y a ella no se le daba nada bien tratar con hombres como Byron Maddox. Se manejaba bien en su papel de secretaria de Scott en las reuniones de negocios, pero no se desenvolvía bien en situaciones sociales en las que los hombres esperaban constantes halagos y coqueteos por parte de las mujeres.

Cleo no coqueteaba ni agasajaba a nadie. Tampoco

era zalamera, remilgada ni sumisa; aunque con Martin había pecado de lo último. Pero, en la actualidad, era muy directa y no recurría a ningún tipo de artimañas en lo que al trabajo se refería.

A Cleo no le hacía ninguna gracia ir sola a una comida de negocios con Byron Maddox.

—Haré lo que pueda —le dijo a Scott con resignación—. Pero no esperes milagros, por favor.

—Como he dicho, confío en ti plenamente, Cleo. Ahora voy a llamar a Harvey para decirle que vas a estar al frente de la empresa durante las dos próximas semanas. Como todavía tengo que hacer bastantes preparativos para el viaje, no creo que me pase mañana por el despacho, así que me despido ya.

—¿Quieres que te llame después de la comida con Maddox para contarte cómo ha ido? —preguntó ella.

—Por supuesto. Y ahora, Cleo, tengo que dejarte. Buena suerte.

Y colgó.

Cleo respiró hondo y soltó el aire despacio al tiempo que echaba a andar hacia el coche. No envidiaba a Scott por estar feliz, tampoco le importaba estar al frente de la empresa durante dos semanas. Pero lo que no le apetecía era la reunión del miércoles.

—¿Qué quería tu jefe? —le preguntó Doreen cuando ella se sentó al volante—. Te noto preocupada.

Cleo suspiró y puso en marcha el motor. Sí, estaba preocupada. Muy preocupada.

Capítulo 2

A QUIÉN se le habría ocurrido pensar que casarse pudiera llegar a ser tan difícil?, se preguntó Byron mientras practicaba unos golpes de golf sobre la suave alfombra gris de su espacioso despacho. Cualquiera creería que un soltero con su dinero y su atractivo no tendría problemas para encontrar una mujer a la que hacer su esposa.

¡Pero no, no era así!

Después de apartarse por completo de los negocios de su padre, un magnate de los medios de comunicación, cinco años atrás, Byron había regresado a Sídney con dos objetivos en mente: primero, crear su propia empresa de inversiones; segundo, casarse y fundar una familia sólida, como había hecho su padre en los últimos años. Había logrado el primer objetivo, pero había fallado espectacularmente en lo que se refería al segundo.

Y no por no haberlo intentado. Había estado prometido dos veces, con dos mujeres jóvenes, excepcionalmente hermosas y encantadas de casarse con el único hijo y heredero de Maddox Media Empire. Desgraciadamente, con ninguna de las dos había llegado al altar. El hecho de que él hubiera roto la relación en ambos casos no disminuía su decepción.

No obstante, no le pesaba haber roto después de darse cuenta de que no podía pasar el resto de su vida unido a una mujer a la que ya no amaba o a la que quizá nunca hubiera querido. A las pocas semanas de ponerle el anillo en el dedo a ambas mujeres se había dado cuenta de cómo eran realmente: mujeres ambiciosas que le querían solo por su estatus y riqueza.

El verdadero amor, pensó Byron mientras se preparaba para el siguiente lanzamiento de pelota de golf, era un lujo del que su padre parecía disfrutar esta segunda vez. En el último viaje que había hecho a Nueva York para asistir al bautizo de su medio hermana, había podido comprobar la devoción que Alexandra profesaba a su marido. Aunque quizá se estuviera engañando a sí mismo; al fin y al cabo, Lloyd Maddox era uno de los hombres más ricos e influyentes del planeta. ¿Cómo podía estar seguro de que una mujer no le quería por su dinero?

Byron lanzó una maldición tras un lanzamiento fallido más. Frustrado, se dirigió a la puerta del despacho y la abrió.

–¡Grace! –gritó a su secretaria–. ¿Podrías venir un momento? Necesito que me ayudes.

Grace y su marido jugaban al golf, quizá Grace pudiera decirle qué estaba haciendo mal.

–Por si se te ha olvidado, has quedado con Cleo Shelton para una comida de negocios en quince minutos –le recordó Grace al entrar en el despacho, y lanzó una significativa mirada al palo de golf.

Byron se miró el reloj de pulsera y vio que eran las doce y cuarto.

–¡Demonios! Se me ha pasado el tiempo sin darme cuenta.

–El tiempo vuela cuando uno se divierte –comentó Grace.

–¿Lo llamas a esto diversión? Es una tortura. No sé cómo voy a aguantar la partida de golf este viernes con el propietario de Fantasy Productions. Si no mejoro mi técnica, me va a hacer papilla.

Le irritaba profundamente no haber conseguido mejorar su juego de golf. Siempre se le habían dado bien los deportes como el criquet, el tenis, el rugby y la natación.

–Sí, eso creo yo también –comentó Grace sonriendo–. Pero, por otra parte, si dejas que Blake Randall te humille en el campo de golf, puede que te permita invertir más en su próxima película. Fantasy Productions está teniendo mucho éxito; sobre todo, después de conseguir que ese tipo tan guapo firmara un contrato con ellos y se convirtiera en una estrella.

Grace tenía razón. Grace siempre tenía razón. Grace, de cuarenta y muchos años de edad, antes de entrar a trabajar en su empresa cinco años atrás, había trabajado de ejecutiva en un banco.

–Vamos, Byron, prepárate para la reunión –dijo Grace–. Tengo la impresión de que Cleo es una persona puntual. Será mejor que te bajes las mangas de la camisa y te pongas la chaqueta. Tienes que dar buena impresión.

Byron lanzó un bufido.

–No soy yo quien tiene que dar buena impresión. En realidad, me molesta bastante que McAllister envíe a su secretaria a hablar conmigo, en vez de venir él en persona. Podía haber retrasado sus vacaciones, digo yo.

–Cleo Shelton es mucho más que una secretaria, Byron –le aclaró Grace–. Por lo que yo sé, es la mano derecha de Scott McAllister, no solo su secretaria. No la subestimes. Y, si quieres hacerte socio capitalista de McAllister Mines, será mejor que no la contraríes.

En realidad, no quería ser socio de McAllister Mines. Habían sido ellos quienes se habían puesto en contacto con él. No era el mejor momento para invertir en la industria minera. Había accedido a reunirse con ellos más por curiosidad que por verdadero interés.

–Y, para tu información, el jefe de Cleo no se ha ido de vacaciones simplemente –añadió Grace–. Se trata de una segunda luna de miel después de una crisis muy seria en su matrimonio.

A Byron siempre le sorprendía la cantidad de información que Grace obtenía respecto a la gente con la que él hacía negocios. Y el saber era poder. Se preguntó a qué se habría debido aquella crisis matrimonial. ¿Otro hombre quizás?

Byron había conocido a McAllister y a su esposa el año anterior en una carrera de caballos. Aunque él no le había parecido nada especial, ella le había sorprendido por su belleza; la esposa de McAllister, casada o no, era la clase de mujer en la que todo hombre se fijaba.

Eso le recordó lo afortunado que había sido al no casarse con ninguna de sus dos novias. Ellas también eran mujeres hermosas. La próxima vez, elegiría a una que no parara el tráfico. Una mujer discretamente atractiva. Una mujer con cerebro. No podría soportar estar casado con una descerebrada. Aunque las dos prometidas que había tenido no eran tontas, sí eran muy superficiales y aburridas.

Y Byron no soportaba a la gente aburrida.

–¿Y cuándo va a volver McAllister? –preguntó bajándose las mangas de la camisa y abrochándose los puños.

–Cleo ha dicho que dentro de dos semanas, aunque no está segura del día ni la hora. Al parecer, fue una decisión espontánea.

Byron asintió y fue a agarrar la chaqueta del traje que colgaba del respaldo de su silla.

–Intenta no adoptar una actitud condescendiente con Cleo –le aconsejó Grace.

Byron hizo una mueca mientras se ponía la chaqueta.

–No soy condescendiente nunca.

–Cuando te crees más listo que tu interlocutor siempre lo eres.

–Solo cuando hablo con un imbécil. No soporto a los tontos.

–Sí, ya me he dado cuenta de eso –Grace sonrió–. Pero te aseguro que Cleo no tiene un pelo de tonta.

–Eso ya lo veremos. ¿Sabes qué años tiene?

–Dado el puesto que ocupa en la empresa, supongo que tendrá entre treinta y cuarenta.

–¡Qué precisión! –comentó Byron lanzando una carcajada.

–Con un poco de suerte no será una rubia con pestañas postizas y pechos de silicona.

Byron entendió la indirecta. Sus dos exnovias eran rubias, habían llevado pestañas postizas y tenían unos pechos que desafiaban la realidad. Suspiró al reconocer lo estúpido que había sido.

–Sí, esperemos que sea así –concedió Byron–. Bueno, tráela a mi despacho cuando llegue. Haré lo posible por ser agradable y no mostrarme condescendiente. ¿Para qué hora has hecho la reserva en el restaurante?

–Para la una.

–Perfecto.

Capítulo 3

EL CHAPARRÓN cayó de improviso, justo cuando Cleo estaba en el cruce de las calles Elizabeth y King. Cuando logró ponerse a resguardo bajo el alero de una tienda ya estaba empapada.

–Maldita sea –murmuró entre dientes–. Debería haber tomado un taxi.

Cleo había salido con antelación para caminar las cuatro manzanas que separaban las oficinas de McAllister de las de Byron Maddox. Tenía cita para las doce y media en el despacho de Byron Maddox, donde iban a tener una pequeña reunión antes de la comida de trabajo en un restaurante.

Por su experiencia como secretaria de Scott McAllister, las comidas de negocios solían ser largas. Los anfitriones como Maddox, hombres de negocios de gran éxito, solían ofrecer a sus invitados caros vinos y champán. Los más listos bebían poco, con el fin de tener ventaja sobre sus embriagados invitados.

Scott nunca había caído en esa trampa, era demasiado inteligente. Tampoco se prestaba a ese juego ni intentaba emborrachar a nadie. Scott era un hombre de gran integridad y honestidad en el trato con la gente, y realmente se preocupaba por sus empleados. No obstante, a Scott no le había educado un implacable hombre de negocios, al contrario que ocurría con Byron Maddox. Por supuesto, ella no tenía intención de caer víctima de ese ardid.

Tenía una misión importante que cumplir, una misión casi imposible, pensó mientras echaba a andar de nuevo. No iba a ser fácil convencer al multimillonario propietario de BM Enterprises de que, a pesar del clima adverso de la industria minera en esos momentos, le convenía invertir en McAllister Mines. Y sin su ayuda, McAllister Mines tendría muchos problemas. Scott se había distraído demasiado últimamente y no se había dado cuenta de lo seria que era la situación de la empresa, pero ella sí lo sabía. Si no lograba conseguir lo que se proponía, la empresa que tanto quería iba a tener grandes problemas financieros.

Para cumplir su misión, Cleo había elegido su ropa con cuidado: nada sexy, aunque nunca se vestía con ropa sexy, no tenía interés en atraer a los hombres. Se había decidido por un traje pantalón de color negro, una camisa blanca y unos zapatos de salón de tacón bajo. Se había recogido en un moño bajo su espeso y rebelde cabello oscuro. Con un poco de suerte, estaría casi seca cuando llegara a su destino.

Pero la suerte no la había acompañado, pensó al mirarse en el espejo de un baño en el edificio que albergaba la empresa de Maddox. Pero, como no era presumida, decidió que su aspecto, al menos, seguía siendo profesional.

Después de secar la cartera con papel de celulosa, salió de los baños y se dirigió a los ascensores, subió al piso noveno y, cuando las puertas se abrieron, entró en una zona de recepción tan lujosa que le costó un esfuerzo no parpadear.

Los suelos eran de mármol negro y los asientos de cuero blanco italiano; las mesas bajas eran de cristal e incluso había una araña, también de cristal, colgando del techo. Pero lo que más le llamó la atención fue el mostrador de recepción, todo de cristal, tras el que había una recepcionista que parecía salida de una película de Hollywood: unos treinta años, melena rubia, maquillaje perfecto y exquisito vestido blanco de lana. Las piernas de la recepcionista, visibles a través del vidrio, eran largas y muy bien formadas; los zapatos tenían los tacones más altos que había visto en su vida.

De repente, Cleo, con su horrible traje pantalón y sencilla camisa blanca, se sintió como pez fuera del agua. Bajó los ojos y paseó la mirada por sus simples zapatos negros y su sencilla cartera de cuero negro. Quizá hubiera sido un error vestirse así para entrevistarse con Byron Maddox. Debería haber anticipado que a ese playboy multimillonario le gustaban las mujeres que parecían recién salidas de un salón de belleza. No obstante, aunque hubiera querido presentar ese aspecto, jamás lo habría conseguido. No era lo suficientemente guapa ni tenía la ropa ni el calzado apropiados.

–¿En qué puede ayudarla? –preguntó la recepcionista con el aire de superioridad que muchas mujeres guapas utilizaban con otros miembros de su sexo menos favorecidos por la naturaleza.

Cleo, con un esfuerzo para no permitir que eso le afectara, sonrió a la recepcionista y le informó que tenía una cita con el señor Maddox a las doce y media.

La actitud de la mujer cambió al instante.

–Ah –la joven descruzó las piernas y se puso en

pie inmediatamente, no sin mirarla de arriba abajo frunciendo el ceño.

Cleo no estaba acostumbrada a recibir ese tratamiento en el trabajo. A Scott le daba igual su aspecto, lo único que le importaba era que hiciera bien su trabajo. Aunque, por supuesto, ella siempre iba correctamente vestida y arreglada. Pero no iba a la moda y le daba igual, a pesar de ser consciente de que su guardarropa era excesivamente soso.

Sí, muy soso.

–Sígame, por favor –dijo la recepcionista.

Seguirla fue toda una demostración de cómo caminar con tacones de quince centímetros, pensó Cleo, que llevaba ya años sin ponerse tacones debido a que a Martin no le había gustado que ella fuera más alta que él. Y después, tras su muerte, ya había perdido la costumbre y le daba igual. Al fin y al cabo, el zapato bajo era más práctico y cómodo.

No obstante, ser práctica e ir cómoda no iba a ayudarla ese día. Durante unos instantes, se arrepintió de no presentar un aspecto elegante y sofisticado ese día. Pero, por otra parte, estaba segura de que no tenía importancia. Byron Maddox era, sobre todo, un hombre de negocios inteligente a quien no le iba a importar cómo iba ella vestida, solo sus conocimientos.

Cuando entró en el despacho de Grace, Cleo ya se sentía razonablemente segura de sí misma. La secretaria particular de Maddox era más mayor que la recepcionista, unos cuarenta y muchos años, aún muy atractiva y de aspecto impecable. Y también rubia. Estaba claro que a Byron Maddox le gustaban las rubias. Sus dos exnovias también lo habían sido, a juzgar por las fotos que había visto de ellas en Internet.

Sin embargo, la actitud de Grace fue complemente opuestas a la de la recepcionista. Incluso pareció aprobar su aspecto físico, lo que le causó un gran alivio.

–Sabía que no te retrasarías –dijo Grace con una amplia sonrisa.

–Pero por poco –contestó Cleo–. Me ha caído un chaparrón de camino aquí y he tenido que ir al baño antes para secarme un poco. Todavía tengo el pelo mojado –Cleo se llevó una mano a la cabeza.

–¿Has venido andando? –preguntó Grace sorprendida.

–Sí, es más rápido que venir en taxi –respondió Cleo asintiendo.

Grace bajó el rostro y clavó los ojos en los zapatos de Cleo; después, en los suyos. Grace también llevaba tacones, aunque no tan altos como los de la recepcionista.

–Yo no puedo andar mucho con estos tacones –confesó Grace–. Los tuyos son mucho más prácticos. En fin, vayamos ya al despacho de Byron, está deseando conocerte.

Era Scott quien debería estar ahí, no ella, pensó Cleo con repentina angustia.

«En fin, esperemos que todo salga bien», se dijo a sí misma en silencio y con resignación mientras Grace llamaba a la puerta del despacho de Byron Maddox.

–Entra –dijo una voz de hombre.

Era una voz agradable, ni demasiado grave ni tampoco amenazante. Cleo no soportaba a los jefes que daban órdenes a gritos. Aunque, por supuesto, era de esperar que Byron Maddox no consiguiera lo que quería a base de chillidos. Por lo que había leído sobre él, era superficialmente encantador, con una mente lo suficientemente brillante como para haber creado una empresa de gran éxito en solo cinco años. Mejor no subestimar a ese hombre. Aunque su aspecto fuera el de un playboy, no cabía duda de que era un hombre de negocios tan implacable como su padre, Lloyd Maddox, a quien nadie se atrevía a contrariar. Al menos, eso era lo que había leído sobre él en la revista *Forbes*.

Grace abrió la puerta.

—Cleo está aquí —dijo Grace con naturalidad y familiaridad, demostrando que no le tenía miedo a su jefe. Lo que tranquilizó a Cleo enormemente.

Al entrar en el despacho, le pareció digno de una película de Hollywood. Era una estancia muy espaciosa, lujosa y muy viril: alfombra marrón oscuro, paredes cubiertas de estanterías con libros y un mueble bar; dos sofás chesterfield marrones junto a unos ventanales del suelo al techo con una vista espectacular de Sídney y del puerto. Y detrás de un enorme escritorio, en una silla giratoria de cuero marrón, estaba Byron Maddox.

Él se levantó mientras Grace se retiraba y cerraba la puerta. Y Cleo comprobó su atractivo, que era considerable.

Cleo ya sabía, por las fotos, que era un hombre alto, rubio y guapo. Pero en carne y hueso era mucho más que eso, aunque no sabía exactamente por qué; quizá se debiera al brillo de sus ojos azules o a la sensualidad de su boca, o a la envergadura de sus hombros, de los que colgaba la chaqueta de un traje de perfecto corte italiano.

El efecto que ese hombre provocó en ella fue instantáneo y sorprendente. Sus hormonas, que creía muertas, cobraron vida de repente, amenazando con hacerla enrojecer.

Por suerte, Cleo pudo controlar la reacción de su cuerpo... ¡Pero no podía pensar!

Aún no había logrado recuperarse cuando él dijo algo a modo de saludo al tiempo que le daba la mano y sonreía mostrando una dentadura perfecta. Ella sonrió como un robot, apretando los dientes y alzando ligeramente la comisura de los labios. Debía haber extendido su propia mano porque, de súbito, vio que las manos de él rodeaban la suya.

Quizá fuera una estrategia, pensó Cleo a posteriori, cuando el cerebro volvió a funcionarle, pero en ese momento solo sabía que deseaba a ese hombre como nunca antes a ningún otro.

Salió de aquella especie de hechizo en el momento en que se dio cuenta de lo que le estaba pasando. ¿Cómo era posible que deseara a Byron Maddox de aquella forma? ¡Y nada más conocerlo! Había tardado semanas en acostarse con Martin, y eso que había estado enamorada de él. Sin embargo, en el momento de conocer a Byron Maddox, se había preguntado qué se sentiría estando desnuda en los brazos de él, sintiendo la boca de ese hombre en todo su cuerpo...

Cleo miró a Byron Maddox a los ojos y no le cupo la menor duda de que disfrutaría en la cama con ese hombre.

Pero, con la misma certeza, sabía que nunca se le presentaría la oportunidad de comprobar qué tal amante sería Byron Maddox. Ella no era la clase de mujer con la que se acostaba un hombre como él. Ella no era rubia ni hermosa ni sexy, sino una morena normal y corriente que no vestía a la moda y que no atraía a los hombres.

En fin, así era la vida; al menos, la suya. Sin embargo, no dejaba de ser irónico que, después de tantos años de no tener interés en el sexo, el primer hombre que le atraía estaba completamente fuera de su alcance.

Mejor así, pensó mientras retiraba la mano y recuperaba la expresión que mostraba siempre en el trabajo.

–Lamento que Scott no haya podido acudir a esta cita, como estaba previsto –dijo Cleo con fría educación–. No obstante, espero poder proporcionarle toda la información que requiera.

Byron lo dudaba, porque requeriría mucha información. No solo sobre McAllister Mines, sino también sobre Cleo Shelton, la secretaria indispensable. Y una mujer llena de contradicciones.

Se le daba bien juzgar a las mujeres, pero esta le había dejado pasmado. Nada más verla, le había sorprendido su aspecto físico, soso y anodino. Y él no soportaba eso. Como no soportaba los trajes pantalón negros, ni los zapatos planos ni el pelo peinado hacia atrás y recogido en un moño.

Pero al verla más de cerca, se había dado cuenta de que no era tan sosa como le había parecido en un primer momento. Ni tan mayor, no debía pasar de los treinta años. Tenía una preciosa piel color oliva y unos bonitos ojos negros; aunque la boca quizá fuera demasiado grande, los labios tenían una bonita forma. Lo que le había producido esa primera impresión negativa había sido la ausencia de maquillaje. Y el peinado tampoco la favorecía.

No le había pasado desapercibido el brillo de la mirada de ella al verle, un brillo que respondía a una súbita atracción física. Al estrecharle la mano, había notado su calor y el temblor que le había subido por el brazo. Pero lo extraño era que él había sentido lo mismo. Le había gustado la mirada de ella y la había imaginado desnuda, sin esa horrible ropa, jadeando de placer.

Pero todo había cambiado bruscamente. Cleo Shelton había apartado la mano y, al hablar, lo había hecho con una voz tan fría como su mirada. A juzgar por cómo iba vestida, no creía que fuera porque Cleo quisiera hacerse de rogar, no era una seductora. Pero, aunque él sabía que no había imaginado su reacción inicial, por algún motivo ella había decidido ocultarlo.

Fue entonces cuando se fijó en el anillo de casada que Cleo Shelton llevaba en su mano izquierda.

Ese era el motivo. Admirable, pero irritante. Le interesaba esa mujer.

¡En fin, mejor hablar de negocios!

—No estoy seguro de que la industria minera llegue a interesarme —declaró Byron con honestidad—. No obstante, me gustaría conocer tu opinión al respecto, Cleo. Depende de ti convencerme de que invierta en McAllister Mines. Supongo que no te importa que te tutee, ¿verdad?

—Como usted quiera —respondió ella con una tensa sonrisa.

—Estupendo. Y, por favor, tutéame tú a mí también. Y ahora, será mejor que bajemos a almorzar. Hay un restaurante magnífico en este edificio, en el piso treinta, y aunque tenemos la mesa reservada para la una, podemos llegar antes y tomarnos unas copas. No tienes que volver a tu casa en coche, ¿verdad?

–No. Siempre voy en tren.

–Excelente.

–¿Y tú?

–Yo soy el propietario del piso ático de este edificio.

Capítulo 4

BYRON Maddox era tal y como había imaginado que sería, pensó Cleo mientras salían del despacho. Un embaucador que, a pesar de su evidente inteligencia y habilidad para los negocios, llevaba la vida de un playboy.

Lo que no había imaginado que ocurriera era caer víctima del encanto de ese hombre.

No sería la primera chica en perder la cabeza por Byron Maddox. Pero no, ella no era una chica, tenía ya veintinueve años. Y, por supuesto, no tenía intención en perder la cabeza por él. No obstante, le estaba resultando difícil contener la reacción de su cuerpo mientras sentía la mano de él en el codo.

Disimuladamente, Cleo respiró hondo y luego soltó el aire despacio.

—Que almorcéis bien —dijo Grace cuando Cleo y Byron pasaron por delante de su mesa de despacho.

—Lo haremos —respondió Byron sonriente.

Cleo, apretando los dientes, también sonrió.

A Cleo le gustó el espacio y la sencillez de la decoración del restaurante: suelos de baldosas grises, mesas cubiertas con manteles de lino gris y elegante servicio de mesa. Las paredes eran blancas, interrumpidas por grandes ventanas rectangulares, y el alto techo estaba pintado de negro. En el centro de la estancia había un bar circular, también negro.

Les condujeron a una mesa con servicio para dos, a la que se podrían haber sentado cuatro cómodamente, delante de una ventana con vistas al jardín botánico, a la Ópera y a la bahía. El camarero que iba a servirles se llamaba André y la ayudó a sentarse. Byron se sentó enfrente de ella y pidió unos cócteles sin consultarle.

Si algo le molestaba era un hombre que eligiera por ella sin consultarle. No soportaba el machismo, no soportaba a los hombres que creían saber más que las mujeres. Lo único que la hizo contenerse fue el hecho de que de ese hombre dependía, en gran medida, salvar la empresa y a su jefe.

No obstante, sospechaba que Byron Maddox no era la persona apropiada para invertir en McAllister Mines. Scott quería un socio que se involucrara en el negocio, no un socio capitalista exclusivamente; necesitaba alguien que se encargara del día a día de la empresa también con el fin de dejarle más tiempo libre para pasarlo con su esposa y con el hijo que iba a tener. Sarah le había dicho el día anterior que estaba embarazada.

–Supongo que debería haberte preguntado qué querías beber –dijo Byron, interrumpiendo sus pensamientos–, pero los cócteles aquí son extraordinarios y quería que probaras al menos uno.

–Muy amable por tu parte –respondió ella falsamente.

–Bueno, ¿qué te apetece, Cleo? –preguntó Byron después de darle una de las dos cartas con el menú que había sobre la mesa.

«Me apeteces tú», pensó ella conteniendo un suspiro. Seguía sin poder quitarle los ojos de encima, pero logró clavarlos en la carta.

–El marisco aquí es excepcional –dijo Byron–, igual que los filetes. Si te apetece algo antes del plato principal, te recomiendo las vieiras.

Cleo, no acostumbrada a que un hombre le afectara de esa manera, había perdido el apetito. Mientras contemplaba el menú sin ver realmente lo que tenía delante, sus pensamientos volaban hacia territorios desconocidos.

–La verdad es que no tengo mucha hambre –admitió ella por fon–. Últimamente no estoy durmiendo bien. Supongo que es por el trabajo.

Al levantar la cabeza, le sorprendió ver una sincera comprensión en esos ojos azules.

–Pobre –dijo Byron–. Ahora que el negocio está pasando por momentos difíciles, Scott se ha marchado y te ha dejado sola a cargo de este asunto. Pero si no estás durmiendo bien, es necesario que comas. A menos, por supuesto, que vayas a entrar en un estado catatónico y se te vaya a caer la cabeza en la sopa.

La broma de Byron, acompañada de su sonrisa, le gustaron aún más que su atractivo físico. Sin darse cuenta de lo que hacía, le devolvió la sonrisa.

–No me encuentro tan mal. Pero se me va la cabeza un poco.

–Se te va a ir más cuando te tomes el cóctel que he pedido –dijo Byron riendo–. Al decir que los cócteles aquí son extraordinarios, no me refería solo al sabor, sino también a su contenido alcohólico. Ah, mira, ya nos los traen.

El cóctel era, tal y como Byron le había advertido,

mortal. Pero delicioso. Y decadente. Y no adormeció su deseo sexual.

Pero sí la relajó. Y aunque no coqueteó con él, le permitió que eligiera él la comida y el vino blanco. Y casi sin darse cuenta, se encontró dando todo tipo de explicaciones sobre las dificultades que la industria minera estaba pasando en esos momentos. Cuando sirvieron el postre, un postre ligero a base de fruta tropical acompañada de yogur de mango, Cleo se dio cuenta de lo estúpida que había sido e hizo lo posible por corregir la situación.

—Por supuesto, con el tiempo todo volverá a la normalidad —dijo Cleo a un aparentemente fascinado Byron—. El precio del hierro volverá a subir, igual que el de los otros minerales. Como he dicho, es una cuestión de tiempo.

—¿Y qué pasa con la refinería de níquel de Scott? —preguntó él—. He oído que está al borde de la quiebra.

Cleo sabía que la refinería no tenía salvación; al menos, por ahora. Pero decir eso a un posible inversor sería suicida. Aunque creía que Byron no era el socio que Scott necesitaba, tampoco quería ser la responsable de que él perdiera su interés en la empresa por completo.

—La refinería tiene serios problemas, eso no lo voy a negar —contestó ella—. Pero no está en quiebra; al menos, por el momento.

—Mmm. No quiero ofenderte, Cleo, pero espero que entiendas que ponga en duda lo que dices. Antes de invertir, siempre investigo a fondo. ¿Tienes inconveniente en que mi contable vaya a vuestra empresa a echar un vistazo a la contabilidad?

A Cleo no le sorprendió la petición, era algo perfectamente razonable, algo que Scott ya había anticipado.

—No hay problema —dijo ella, contenta de que, al menos, la mina de diamantes marchara bien. Y también las dos minas de oro. El resto era otra cosa, los precios del hierro, el carbón y el cobalto estaban muy bajo.

—Bien. En ese caso, irá mañana por la mañana. Entretanto, me gustaría ver la refinería personalmente.

Eso sí sorprendió a Cleo, que frunció el ceño.

—¿Eres consciente de que está en el norte de Queensland?

—No hay problema, dispongo de mi propio avión. Supongo que la refinería tiene pista de aterrizaje, ¿no?

—No, no la tiene. Solo hay acceso a la mina por carretera o ferrocarril. Tendrás que aterrizar en Townsville e ir en coche el resto del camino, unos treinta kilómetros.

—Eso no es nada. Le pediré a Grace que lo organice todo para que tengamos un coche en el aeropuerto de Townsville cuando lleguemos.

—¿Cuándo lleguemos? —repitió Cleo parpadeando.

—Sí, cuando lleguemos. Porque tú vienes conmigo.

Capítulo 5

BYRON disfrutó viendo la expresión de perplejidad de Cleo, igual que había disfrutado viéndola relajarse durante la comida.

Ahora, de repente, pareció muy preocupada.

−¿Algún problema con venir conmigo? −preguntó Byron−. ¿Se va a enfadar tu marido?

−¿Qué? −Cleo se miró la mano izquierda, la mano con el anillo de bodas; después, alzó el rostro−. No, Martin no se va a enfadar. No podría enfadarse porque... porque murió hace ya tiempo.

La sorpresa y algo más le hicieron enderezar la espalda en el asiento. Cleo era viuda. No era una mujer casada con un hombre al que no quería ni divorciada, sino una mujer con un triste pasado y quizá demasiados problemas emocionales.

Byron sabía que lo mejor era no complicarse la vida. Debía seguir el rumbo que se había marcado: encontrar a la mujer adecuada con la que casarse. Cleo no era esa mujer.

Pero, perversamente, Cleo le gustaba. Y cada vez más. Durante la comida, mientras las defensas de ella se venían abajo, había notado que él gustaba a Cleo tanto como ella a él. Lo había notado en el brillo de esos preciosos ojos oscuros. Sí, eran preciosos, igual que sus labios, a pesar de no estar pintados. No había conseguido adivinar qué clase de cuerpo tenía debajo de ese horrible traje pantalón, pero sospechaba que Cleo poseía bonitas curvas.

La situación era muy extraña y entrañaba peligro. No debería estar pensando en acostarse con ella. Un hombre sabio no mezclaba el placer con los negocios. Pero eso era justo lo que estaba pensando.

–¿Cuánto tiempo? –preguntó Byron con una voz queda que traicionaba sus lascivos pensamientos.

–Tres años.

Mucho tiempo sin un hombre. Y, a juzgar por su atuendo, Cleo no estaba saliendo con nadie. Cleo presentaba la imagen de una mujer aún llorando la pérdida de su marido, una mujer a quien se le había olvidado el juego de la seducción.

Hasta ese día...

Byron tenía la sensación de que algo había cambiado en Cleo ese día. Su ego sugirió que había sido él quien la había hecho cambiar. Sabía que atraía a las mujeres, incluso a las que no sabían que era sumamente rico. Y no creía que a Cleo le interesara su dinero. Incluso dudaba que ella estuviera seriamente interesada en él.

No. Si deseaba a esa mujer, y la deseaba, tendría que ser él quien la sedujera. Y estaba seguro de que Cleo no se lo iba a poner fácil.

La idea le excitó aún más. ¿Hacía cuánto tiempo que no había necesitado seducir a una mujer? ¿Cinco, diez, veinte años? La verdad era que nunca había tenido que hacerlo.

–Eres muy joven para haberte quedado viuda, Cleo –dijo Byron–. Si no te molesta que te lo pregunte... ¿de qué murió tu marido?

–De cáncer. Un melanoma maligno y muy agresivo. Martin luchó hasta el final, pero la enfermedad pudo con él –los ojos de Cloe se llenaron de lágrimas.

Momentáneamente, el sentimiento de culpa amenazó los pensamientos lujuriosos de Byron. Pero concluyó que Cloe no podía pasarse el resto de sus días llorando la muerte de su esposo, debía recuperar su vida y él podía ser el hombre que la ayudara a conseguirlo.

Byron, magnánimamente, decidió que le haría un favor a Cleo acostándose con ella.

–Lo que te ha pasado es muy triste, Cleo. El cáncer es algo terrible. Mi madre tuvo un tumor en un pecho hace años, pero afortunadamente no ha sido mortal.

–En ese caso, ha tenido mucha suerte.

–Sí, desde luego. La semana que viene va a cumplir sesenta años y va a dar una fiesta por todo lo alto –continuó Byron, recordando que tendría que asistir a la fiesta–. ¿Te gustaría acompañarme? –preguntó impulsivamente.

Cleo se lo quedó mirando como si acabara de invitarle a ir a la luna.

–¿Quieres que te acompañe a la fiesta de cumpleaños de tu madre? –preguntó ella con incredulidad.

–Sí. ¿Por qué no?

–Me parece más lógico preguntar «¿por qué?» –le espetó ella.

–¿Necesito un motivo en concreto?

–Sí.

–Porque me caes bien y tu compañía me resulta estimulante.

Ella sonrió burlonamente.

–Vamos, dime la verdadera razón.

Byron no podía explicarle que la invitación se había debido a un momentáneo impulso. Pero ahora se daba cuenta de que podría tener consecuencias sumamente positivas.

–Está bien, confesaré –respondió él sonriendo–. Resulta que mi querida madre está deseando que me case y forme una familia, y es más que probable que haya invitado a la fiesta a lo que ella considera mujeres apropiadas para mí. Como me gustaría elegir esposa por mí mismo, sin ayuda de nadie, necesito protección. Si aparezco del brazo de una mujer, puede incluso que llegue a disfrutar en la fiesta.

Cleo se echó a reír, no pudo evitarlo.

–Aunque me gustaría ayudarte, la respuesta es no –contestó Cleo.

–¿Por qué? –preguntó él casi con irritación.

Cleo hizo una lista mental:

«Porque no tengo ropa para la ocasión».

«Porque me sentiría como pez fuera del agua en la fiesta de tu madre».

«Porque ninguno de los invitados creería que estás saliendo conmigo».

«Porque no quiero torturarme fingiendo ser tu amiga».

–Porque no me gustan las fiestas. Lo siento –respondió Cleo en voz alta–. No me cabe la menor duda de que encontrarás a alguien que quiera acompañarte a la fiesta y hacerse pasar por novia tuya.

–No, no la encontraré. En este momento no tengo novia.

Cleo sonrió fingiendo pesar.

–Qué pena –murmuró ella–. No obstante, como ya he dicho, debe haber un montón de chicas dispuestas a aceptar la invitación.

–Cierto. Pero todas ellas creerían poder convertirse en la prometida número tres.

A Cleo le molestó que Byron, implícitamente, hubiera dicho que ella no haría semejante cosa. Y sabía por qué. Porque era demasiado vulgar para imaginar algo tan extraordinario.

–Vamos, Cleo, ayúdame –insistió él sonriendo.

–Lo siento, Byron, pero no puedo –contestó Cleo fríamente. A lo mejor deberías ir solo a la fiesta de tu madre y aguantar el tipo.

–No conoces a mi madre –comentó él irónicamente.

–¿Por qué no le dices simplemente que no quieres casarte, que prefieres seguir con tu vida de... soltero?

Cleo había estado a punto de decir «playboy», pero estaba segura de que a él no le habría gustado. Reconocía que Byron no tenía fama de mujeriego sin compasión, pero las dos rupturas con sus antiguas prometidas habían sido sonadas.

Byron lanzó un profundo suspiro y, con gesto de exasperación, alzó los ojos al techo.

–Ese es la cuestión, que sí quiero casarme. Pero no con la clase de mujer que a mi madre le gustaría para mí.

–Entiendo. ¿Y cuál es la clase de mujer que tu madre quiere para ti?

–Ya sabes, la típica chica de sociedad cuya meta en la vida es casarse «bien», lo que significa casarse con un tipo con dinero. Mucho dinero. Y vivir en una mansión en Double Bay, ropas de diseño, niños criados por niñeras, almuerzos con otras damas de la alta sociedad entre vacaciones en la Toscana o Nueva York...

A Cleo le sorprendió el cinismo de Byron.

–No tienes por qué casarte con una mujer así –observó ella.

–No tengo intención de hacerlo. En fin, ¿te apetece un café? ¿Un coñac?

Capítulo 6

CLEO llamó a Scott al volver a la oficina. Eran las tres y media y estaba algo bebida. Había tres horas de diferencia entre Sídney y Tailandia, suponía que Scott estaría despierto.

–Bueno, ¿qué tal con Maddox? –preguntó él, que parecía muy alegre.

–Quiere ir a la refinería para verla personalmente. Quiere ir mañana, en su avión.

–Eso podría ser desastroso.

Cleo estaba de acuerdo, pero no por los mismos motivos que Scott. En realidad, estaba deseando volver a ver a Byron.

–Antes o después va a descubrir la verdad –contestó ella con pragmatismo.

Scott suspiró.

–Dile que tengo pensado cerrar la refinería hasta que el níquel recupere el precio normal.

–Buena idea.

–Aparte de eso, ¿qué te ha parecido como persona?

–Aún no estoy segura. Es agradable, pero demasiado seguro de sí mismo.

–Eso mismo dijo Sarah cuando lo conocimos en las carreras de caballos el año pasado, aunque pudo ser porque no le gustó nada su prometida. Pero volviendo a lo que importa... ¿tiene la mirada esquiva?

–No –Cleo lanzó una carcajada.

La mirada de Byron no era esquiva. Byron tenía unos ojos muy azules y muy bonitos, y unas pestañas que podrían ser la envidia de muchas mujeres. Su mirada también era inteligente y endiabladamente sexy.

–Bien –dijo Scott–. Entonces, ¿te ha gustado? Para hacer negocios con él, claro.

–Supongo que sí. Pero podré juzgarlo mejor después de mañana. ¿Quieres que te llame otra vez mañana por la noche, a la vuelta de la refinería?

–No, mejor no –respondió Scott tras una breve vacilación–. Le he prometido a Sarah apartarme de los negocios durante dos semanas y eso es lo que voy a hacer. Además, tengo plena confianza en ti, Cleo. Llámame solo si se trata de un asunto urgente.

–De acuerdo.

Cleo decidió no mencionar que el contable de Byron iba a revisar la contabilidad al día siguiente. Scott y Sarah necesitaban un tiempo para ellos dos, sin injerencias. Por otra parte, no había nada de qué preocuparse, su contable era meticuloso y honesto. Scott no contrataba a nadie que no lo fuera y siempre examinaba a fondo las referencias de una persona antes de contratarla.

Cleo decidió que podía ser aconsejable hacer lo mismo con Byron Maddox. Leer artículos en Internet sobre él no era un examen en profundidad.

Por lo tanto, tan pronto como acabó de hablar con Scott, llamó a Harvey, el encargado de seguridad de la empresa.

–Harvey, tengo que pedirte que hagas un trabajo urgente –dijo Cleo.

–Dispara –respondió Harvey, hombre de pocas palabras.

–Quiero que averigües todo lo que puedas sobre Byron Maddox –dijo Cleo, negándose a reconocer que la petición se debía, en parte, a curiosidad femenina.

No, su petición era una cuestión de negocios, simplemente. Scott le había encomendado las negociaciones con ese hombre y no iba a decepcionarle. El conocimiento confería poder. Y eso era lo que necesitaba para el día siguiente: más poder.

–¿El Byron Maddox? –preguntó Harvey sin ocultar su sorpresa.

–Sí. Mañana voy a tratar con él. ¿Podrías enviarme lo que averigües por correo electrónico? Lo necesito para esta noche sin falta.

–Por supuesto. Jefa –respondió él con una nota de humor antes de colgar.

Cleo sonrió. Le gustaba que la llamaran jefa. Y le habría gustado más tener dinero para poder invertirlo en la empresa de Scott y hacerse su socia, en vez de intentar engañar a Byron Maddox y convencerlo de que lo hiciera él.

Porque era un engaño. Nadie en su sano juicio invertiría en la industria minera en ese momento. La única forma de hacerlo sería a cambio de quedarse con el cincuenta por ciento de McAllister Mines y a bajo coste. Pero Scott nunca aceptaría eso... cuando volviera del viaje. Entretanto, ella era la encargada de engatusar a Byron.

De repente, pensó que quizá hubiera debido aceptar acompañarle a la fiesta de cumpleaños de su madre.

Con un suspiro mezcla de desilusión y resignación, Cleo descolgó el teléfono para llamar al contable antes de que se marchara a su casa. Tenía que avisarle de que el contable de Byron iba a ir al día siguiente a revisar la contabilidad.

El contable pareció molesto, pero ese era su problema. A ella tampoco le entusiasmaba tener que levantarse muy pronto para ir en avión a Townsville.

Temía la llegada del día siguiente. Le molestaba que ese hombre la hiciera perder la cabeza de esa forma.

Estaba a punto de apagar el ordenador para marcharse e ir a la estación Central a tomar el tren que la llevaría a su casa cuando sonó el teléfono.

–Hola, Byron –respondió ella en tono profesional–. ¿Algún problema con el viaje de mañana?

–¿Siempre que te llama un hombre crees que es a causa de algún problema?

–Eso depende del hombre –respondió Cleo, sorprendida de su tono coqueto.

Ella no coqueteaba.

¡Maldito hombre!

Byron no sabía qué pensar. Quizá Cleo no estuviera tan reprimida sexualmente como había creído.

Mejor.

–Parece como si hubieras tenido que tratar con algunos hombres difíciles en tu vida –dijo él–. Escucha, se me ha ocurrido que sería mejor pasar la noche en Townsville mañana; si no, resultará un viaje muy cansado. Voy a decirle a Grace que nos reserve habitaciones en un hotel. ¿De acuerdo?

Byron no tenía pensado seducirla en Townsville,

solo quería conocerla mejor. Cleo Shelton era una mujer muy interesante.

—De acuerdo —respondió ella fríamente.

—Bien. Iré a recogerte a tu casa a las siete. Como muy tarde, a eso de las ocho y media estaremos volando. Ah, y lleva ropa para salir a cenar —sugirió él, que quería verla con un vestido.

—La gente no se arregla para salir a cenar en Townsville, Byron —declaró ella bruscamente.

—Está bien. En ese caso, llevaré unos vaqueros limpios y una camisa de equipaje.

—Perfecto. Yo haré lo mismo.

Byron la imaginó con unos vaqueros ceñidos y le gustó. Para empezar.

—Bueno, entonces, hasta mañana.

—Estaré lista para cuando llegues —respondió ella antes de colgar.

Byron no lo dudaba. Grace había dicho que Cleo no era la clase de mujer que se retrasaba. Y él sabía por qué. Cleo no pasaba horas delante del espejo peinándose y maquillándose, al contrario que las chicas con las que él estaba acostumbrado a salir.

Por supuesto, el viaje del día siguiente era de negocios, nada más. Pero cuando Cleo accediera a acompañarle a la fiesta de cumpleaños de su madre, cosa que acabaría haciendo porque él no iba a dejar de insistir, estaba seguro de que descubriría a una criatura completamente diferente. No dejaba de sorprenderle lo mucho que cambiaba una mujer dependiendo de la ropa y el peinado.

«Si accede a acompañarte», le dijo una voz interior. Era la misma voz que le habló al poco de que su padre abandonara a su madre, cuando él tenía solo dieciséis años. Era la voz de la inseguridad, la voz que le recordaba que, a veces, en la vida, no se conseguía lo que se quería. Acostumbrado como había estado a tener todo lo que quería, el mundo se le había venido abajo cuando su padre dejó a su madre. Tras varios meses de no hablarse con su padre, su madre le había confesado que la causa del divorcio había sido ella, que había tenido una aventura amorosa y que su hermana Lara no era la hija biológica de Lloyd.

No obstante, su madre había culpado a su marido.

–Siempre estaba en viajes de negocios –se había quejado su madre–. Yo me sentía sola.

¡Como si eso disculpara el adulterio!

Y su madre solo le había confesado la verdad porque había hecho un trato con su marido.

–Explícale a Byron la situación y yo aceptaré a Lara como hija mía.

Lara no sabía que no era la hija biológica de Lloyd Maddox y Byron, de nuevo, se sintió próximo al hombre al que siempre había admirado. Seguían teniendo una buena relación, a pesar de una terrible discusión cinco años atrás debido a un consejo financiero de Byron a su padre que este se había negado a considerar. Por el contrario, Lloyd había seguido los consejos de un idiota al que Byron no soportaba y, por ese motivo, había cortado toda relación profesional con su padre, había vuelto a Australia y había creado su propio negocio basado en inversiones de calidad.

Pero no era rencoroso y hacía ya mucho que había hecho las paces con su padre, que era su mejor amigo y confidente. Lloyd sabía que su hijo quería casarse y tener familia, y le había aconsejado casarse solo por amor y con la mujer adecuada para él.

–Para empezar, no te cases nunca con una mujer como tu madre –le había advertido Lloyd–. Tú eres igual que yo, necesitas una mujer independiente y profesional; de lo contrario, no la respetarás. Yo me porté mal con tu madre porque ella jamás se enfrentó a mí, me decía a todo que sí. No soportamos esa clase de actitud servil, no nos inspira respeto. Debo admitir que cuando más la admiré fue cuando me engañó. Me lo merecía.

A Byron le había sorprendido aquella confesión. Lloyd era un hombre arrogante que siempre esperaba que todo fuera como él deseaba.

«Igual que tú, Byron», le dijo otra voz. Suponía que la voz de su conciencia. Sabía que tenía conciencia, aunque no le prestaba mucha atención.

Lo que le llevó a pensar una vez más en cierta mujer de la que debería olvidarse. Necesitaba una esposa, no una aventura amorosa con Cleo Shelton. Porque era solo eso lo que podía haber entre los dos, una aventura amorosa. No quería cargar con las penas de una viuda.

Y aunque Cleo pudiera ser su mujer, ella no quería volver a casarse. La tristeza de Cleo al hablar de su difunto marido significaba que todavía no había superado su pérdida, y eso era algo en lo que él no quería verse involucrado.

Pero eso no significaba que Cleo no pudiera tener relaciones sexuales de nuevo, decidió Byron.

Con decisión, Byron se puso en pie y salió de su despacho para decirle a Grace que reservara habitaciones en un hotel de Townsville.

–Así que Cleo y tú vais a pasar la noche allí, ¿eh? –comentó Grace con una irónica mirada.

–Muy graciosa, Grace. Haz la reserva, por favor.

–¿Hotel o motel?

–Lo mismo da. Pero que tenga un buen restaurante. Vamos a estar demasiado cansados para salir.

–¿Qué le ha parecido a Cleo la idea? –preguntó Grace mientras tecleaba en el ordenador.

–No creo que le haya entusiasmado –contestó él con honestidad–, pero...¿qué podía decir? Si quiere que invierta en McAllister Mines, tendrá que seguirme el juego.

Grace lo miró fijamente.

–Algo me dice que Cleo no es la clase de mujer que va a seguirte ese juego, Byron.

–No sé a qué te refieres, Grace.

–Sabes perfectamente a qué me refiero, Byron. No es como las mujeres a las que estás acostumbrado.

–Y, según tú, ¿a qué mujeres estoy yo acostumbrado?

–¿Puedo decir lo que realmente pienso sin arriesgarme a perder mi trabajo?

–Por supuesto.

–En ese caso, te diré que creo que estás acostumbrado a que las mujeres hagan lo que tú quieras. Pero todas sueñan con ese anillo de casada cuando te dan coba. Las dos prometidas que has tenido eran muy guapas, pero eran superficiales, egoístas y las dos mujeres más frías que he conocido en mi vida.

–Sí, lo sé, Grace –concedió Byron–. ¿Y cuál es tu consejo?

–Cleo Shelton no se parece en nada a ellas. Es una buena chica.

–¿Cómo puedes estar tan segura de ello? Solo has pasado cinco minutos con ella.

–Lo sé. Llámalo intuición femenina –respondió

Grace con cierta aspereza–. No me gustaría verte jugar con ella, Byron. Eres un hombre muy atractivo, puedes conseguir a cualquier mujer si te lo propones.

–Conozco a una a la que no –dijo él mirando a Grace con enfado.

–Bueno, eso es porque estoy felizmente casada. Y conozco a demasiados hombres ricos para saber que no son para mí, por guapos y encantadores que resulten.

Byron parpadeó. Las palabras guapo y encantador, en los labios de Grace, parecían defectos.

–He visto que Cleo lleva anillo de casada. Espero que tú también lo hayas notado –añadió Grace.

A Byron le alegró ser él quien tuviera la última palabra.

–Sí, por supuesto que lo he notado. Pero no te preocupes, no voy a destruir ningún matrimonio. Cleo es viuda.

Tras esas palabras, Byron salió de la oficina de su secretaria y cerró la puerta tras de sí con firmeza.

Capítulo 7

NO VAS a necesitar la bolsa –fueron las primeras palabras que Byron pronunció cuando Cleo le abrió la puerta a las siete de la mañana. Byron señaló la bolsa con su equipaje en el suelo–. Anoche me acordé que debo volver a Sídney, tengo una reunión de negocios muy importante el viernes por la mañana. Lo siento. Debería haberte llamado, pero pensé que quizá estuvieras durmiendo.

Cleo no sabía si lo que sentía era alivio o desilusión. En parte, estaba irritada por todo el tiempo que había perdido pensando en qué se iba a poner aquella noche para salir a cenar. Sus opciones eran limitadas, solo tenía un par de vestidos, los dos pasados de moda y no muy bonitos. Al final, había metido en la bolsa su último traje pantalón azul marido y Doreen le había prestado una blusa color rosa. No era el atuendo ideal, pero sí mejor que los vestidos.

Doreen le había hecho algunas preguntas sobre Byron y ella le había respondido que era el típico soltero millonario.

–Ya sabes, es de los que se creen irresistibles –había dicho ella.

Desgraciadamente, sí era irresistible. El día anterior había estado muy guapo con el elegante traje gris italiano; pero ahora, con unos vaqueros gastados, camisa polo blanca y chaqueta de cuero negra estaba para morirse. E increíblemente sexy.

Menos mal que Doreen estaba dormida y no iba a asomarse a la ventana para verle.

–Bien. Solo un momento entonces, voy por un bolso.

Cleo agarró el móvil, que contenía el informe de Harvey. Solo había tenido tiempo de ojearlo superficialmente, pero no se había llevado ninguna sorpresa; no obstante, lo examinaría más a fondo durante el vuelo a Townsville, prestando especial atención a las inversiones que BM Group había hecho durante los últimos cinco años. Eran muchas y variadas, pero ninguna inversión en la industria minera.

Cleo temía que iba a perder el tiempo ese día. Byron no iba a ayudar a Scott. No obstante, el trabajo de ella era convencerlo para que lo hiciera. Y si era honesta consigo misma, quería pasar el día en compañía de él, quería ir en su avión privado y atisbar ese mundo de lujo con el que solo había podido soñar despierta.

–¿Lista para partir? –preguntó Byron con cierta brusquedad cuando ella regresó a la puerta con el bolso.

Fue entonces cuando Cleo notó que Byron tenía profundas ojeras y aspecto de estar cansado.

Quizá una mujer le hubiera tenido despierto hasta altas horas de la noche, pensó sin poder evitar una punzada de celos, lo que era ridículo.

–Venga, vamos –dijo él con impaciencia.

Cleo contuvo un suspiro, salió de la casa y cerró la puerta con llave.

–No he podido encontrar sitio para aparcar –dijo Byron mientras conducía a Cleo a su Lexus, aparcado en doble fila.

Byron le sostuvo la puerta para que ella subiera al coche y sacudió la cabeza, no comprendía por qué encontraba tan atractiva a esa mujer. No era especialmente guapa y no hacía ningún esfuerzo por mejorar su aspecto. Ese día llevaba unos vaqueros azul oscuro, que ni eran ceñidos ni le sentaban especialmente bien, una camisa blanca y la misma horrible chaqueta negra del día anterior. Ni maquillaje ni perfume. En cuanto al pelo... ¡Lo que le habría gustado deshacerle ese estúpido moño!

Cleo tenía un pelo muy bonito, reconoció él. Un cabello oscuro, espeso, brillante y ondulado. Le sentaría mucho mejor suelto, con la melena acariciándole los hombros.

O mejor ese cabello desparramado sobre una almohada...

Byron apretó los dientes, cerró la portezuela del asiento de ella, rodeó el coche y se sentó al volante con brusquedad, disgustado consigo mismo por no poder controlar su apetito carnal por esa mujer. No obstante, estaba decidido a hacerlo.

Al dejar el trabajo el día anterior y subir a su ático, no había podido olvidar los comentarios de Grace sobre Cleo. Sabía que él no era un mal hombre, aunque quizá algo mimado y demasiado acostumbrado a salirse siempre con la suya. Pero no a costa de los demás; al menos, eso esperaba.

Sabía que no estaría bien seducir a Cleo. Aunque había intentado convencerse a sí mismo de lo contrario, no lo haría por ella, sino por él mismo. Lo haría para satisfacer su propio deseo, nada más.

Por suerte, había recordado a tiempo la partida de golf con Blake el viernes. Le daba la excusa perfecta para volver a Sídney después de ver la refinería. La noche anterior, viéndose incapaz de conciliar el sueño, se había dedicado a investigar McAllister Mines; especialmente, la refinería. No le había sorprendido comprobar que era una ruina. El precio del níquel estaba por los suelos y parecía que iban a pasar años antes de recuperarse. McAllister debería haber cerrado la refinería mucho tiempo atrás, ese hombre era un idiota o demasiado generoso. Había estado a punto de llamar a Cleo y cancelar la visita a la refinería; al final, le había parecido que no podía hacerlo.

Byron se dijo que era por lo mucho que significaba para Cleo tratar de convencerlo de invertir en McAllister Mines. Se dijo a sí mismo que no podía ser tan cruel. Pero era mentira. No había cancelado la visita porque quería ver a Cleo otra vez. ¡Era un masoquista!

—¿Y qué reunión tan importante es esa? —preguntó ella después de ponerse en marcha.

Byron suspiró.

—Tengo que jugar al golf.

—¡Al golf! —exclamó ella con incredulidad.

—Sé lo que estás pensando: no se le puede llamar reunión de negocios a una partida de golf. Pero créeme, lo es. De hecho, odio el golf. Lo detesto. Y se me da fatal.

—Entonces, ¿por qué juegas al golf?

–Porque a Blake Randall le gusta hacer negocios durante las partidas de golf.

–¿Quién es Blake Randall?

–El alma de Fantasy Productions. Es una productora de cine. ¿Has visto *The boy from the bush*?

–Sí, claro. Me encantó.

–Es una de sus producciones, Blake la dirigió. Pero ahora ha dejado la dirección y se ha pasado a la producción, y tiene ofertas de Hollywood. Está teniendo mucho éxito.

–Y tú quieres invertir en su empresa, ¿me equivoco? –comentó Cleo.

–Depende de quién esté al mando. Blake es un verdadero genio, no hay otro como él.

–No es el único –dijo ella cuando se pararon delante de un semáforo en rojo.

El halago sorprendió a Byron.

–¿Ha sido un cumplido, Cleo? No me parece propio de ti.

Cleo enrojeció. El rubor le confirió un brillo especial a su rostro y vulnerabilidad a sus ojos normalmente fríos.

Le dieron unas ganas tremendas de besarla. Pero, en ese momento, el semáforo se puso en verde.

–No lo es –contestó ella–. Pero estoy desesperada. Scott espera que haga lo posible para convencerte de que te asocies con él. Necesita un socio, Byron, y es evidente que la gente no está haciendo cola para invertir en su empresa.

Interesante. Le gustaba que Cleo estuviera desesperada. Le gustaba que estuviera dispuesta a hacer cualquier cosa por conseguir que él invirtiera en McAllister Mines.

«No lo hagas, Byron», le dijo su conciencia. «No te aproveches de la situación».

–En ese caso, ¿estarías dispuesta a acompañarme a la fiesta de cumpleaños de mi madre el sábado por la noche? Además de hacerme un gran favor, para entonces ya tendré el informe del contable y podré tomar la decisión de si invierto o no en McAllister Mines.

Cleo lanzó un gruñido nacido de una evidente frustración.

–Mira, en serio me gustaría acompañarte, pero no puedo.

–¿Por qué?

–¡Por favor, no te hagas el tonto! –le espetó ella–. Nada más verme, tu madre pensará que te has vuelto loco. Nadie creerá, ni por un momento, que tú y yo estamos saliendo juntos.

–¿Por qué no?

Cleo suspiró sonoramente.

–Lo sabes perfectamente. Entre otras cosas, no voy vestida a la moda exactamente.

Byron se negó a dar su brazo a torcer.

–No digas tonterías. Eres una mujer muy atractiva. Con un vestido bonito y otro peinado estarías deslumbrante.

–Y ese es uno de los problemas, no tengo un vestido bonito. Y tampoco sé nada de peinados ni maquillajes.

Byron echó a un lado sus propios deseos y pensó en lo que Cleo acababa de decir.

–¿Por qué, Cleo? –preguntó con sincera curiosidad–. La mayoría de las chicas se preocupan por esas cosas. Por ejemplo, mi hermana Lara. Lara lleva maquillándose desde los diez años, para disgusto de mi madre. Y lo mismo le pasa con el peinado y con el color de pelo; aunque no lo creas, ahora se lo ha teñido de azul. En cuanto a la ropa, el deporte favorito de Lara es ir de compras.

–¿Cuántos años tiene tu hermana? –preguntó Cleo.

–Diecinueve.

–Yo tengo veintinueve, Byron.

«Y te vistes como una señora de cincuenta y nueve», pensó él.

–En ese caso, eres seis años menor que yo, jovencita. Porque eso es lo que eres, Cleo, una mujer joven. Así que déjate de disculpas y explícame por qué no estás familiarizada con esas cosas propias de mujeres. Vamos, suéltalo.

Cleo alzó los ojos con gesto de exasperación.

–¿No te han dicho nunca que eres muy autoritario?

–No que yo recuerde –contestó él encogiéndose de hombros.

Cleo se echó a reír.

–Debe ser porque no se atreven. Está bien, te lo diré: era hija única y muy tímida. Mis padres murieron en un accidente de coche cuando yo tenía trece años y pasé el resto de la adolescencia en casa de mis muy mayores y conservadores abuelos. Mi abuela detestaba el maquillaje y la ropa atrevida. A mi marido le gustaba como era, así que ni se me ocurrió cambiar.

–¿Te gusta tu aspecto, Cleo?

Cleo alzó la barbilla, pero su mirada era insegura.

–Sé que podría parecer más guapa; pero como he dicho antes, no sé cómo conseguirlo.

–En ese caso, deja que alguien te ayude –dijo él con cierta impaciencia–. Algún estilista profesional podría ayudarte con la ropa. Y cualquier salón de belleza se puede encargar de tu pelo y del maquillaje. Solo tienes que hacerlo, Cleo.

–Pero... ¿para qué?

–¡Para que cuando un hombre te invite a salir puedas decirle que sí! ¿O es que quieres pasarte el resto de la vida sin disfrutar de ninguna vida social? –«o del sexo», pensó Byron–. Estoy seguro que a Grace le encantará ayudarte. Le pediré que te llame mañana. ¡Y ya está, vendrás conmigo a la fiesta de cumpleaños de mi madre!

Capítulo 8

CLEO sabía que debería seguir protestando, pero no conseguía sentirse ofendida ni enfadarse con Byron. Además, la verdad era que quería acompañarle a la fiesta. Lo único que la echaba para atrás era el miedo a hacer el ridículo.

–Llamaré a Grace cuando estemos volando –dijo Byron–. Ahora todavía no habrá llegado a la oficina y no me gusta llamarla a su casa.

–¿Por qué? –preguntó Cleo–. Scott me llama a casa con frecuencia.

Desde el principio, Scott le había dejado claro que ser su secretaria implicaba algo más que trabajar durante las horas de oficina.

–Eso es porque tu marido no se enfada... Perdona, Cleo, lo siento, no he querido decir eso.

–No te preocupes, no es necesario que te disculpes –respondió ella algo tensa. No quería que nadie le recordara a Martin en esos momentos–. La verdad es que me alegro de no tener un marido que me ponga obstáculos.

Cosa que habría hecho Martin, sin duda alguna.

–¿No quieres volver a casarte, Cleo?

Cleo se estremeció involuntariamente.

–No –respondió ella con fingida calma–. No, no quiero.

Y tampoco tenía por qué darle explicaciones a Byron. Suponía que había muchas viudas que tampoco querían casarse de nuevo; como, por ejemplo, Dorren, y por las mismas razones que ella.

–¿No quieres tener hijos?

A Cleo se le encogió el corazón. Eso sí lo había querido, al principio de su matrimonio. Pero incluso a eso había renunciado.

–Quise tenerlos –confesó ella–. Pero Martin insistió en pagar la hipoteca primero, antes de tener familia, para que yo pudiera dejar el trabajo una vez que me quedara embarazada. Sin embargo, antes de que aquello pudiera ocurrir, el cáncer se lo llevó. Y como no quiero volver a casarme, no tiene sentido pensar en los hijos.

–No tienes por qué casarte para tener hijos.

A Cleo, aquella idea ni siquiera le había pasado por la cabeza.

–No quiero ser madre soltera.

–Es perfectamente comprensible. Ah, ya hemos llegado.

Cleo se alegró de dar por terminada aquella conversación. Por otra parte, hizo lo posible por no quedarse boquiabierta al ver la aeronave que les esperaba en la pista de aterrizaje. No era un avión grande, pero sí precioso.

–Impresionante, ¿verdad? –dijo Byron mientras se acercaban a la escalerilla–. Es un Gulfstream. Puede llevar a doce pasajeros y volar once mil kilómetros sin repostar.

–¡Madre mía!

El interior del aparato era sumamente lujoso: asientos de cuero color crema alrededor de mesas de nogal. Pasada esa zona de estar había un cine, una cocina maravillosamente equipada y, al otro lado, un increíble cuarto de baño. Más allá Cleo supuso que había un dormitorio, pero la puerta estaba cerrada.

–Este avión ha debido costarte una fortuna –dijo ella sin detenerse a pensar.

–No me ha costado ni un céntimo –contestó Byron–. No es mío, es de mi padre. Pero como en estos momentos está en Australia, me ha dicho que podía utilizarlo. Es algo excesivo, ¿verdad?

–¡No, en absoluto! A mí me parece fabuloso –declaró ella con honestidad.

–Me alegro de que te guste –Byron sonrió–. Bueno, vamos a sentarnos y a atarnos los cinturones de seguridad. El avión ya se está moviendo.

Cleo se acopló en un asiento y Byron eligió el que estaba a su altura, pero al otro lado del pasillo.

–Lo siento, pero aquí no hay azafatas ni nadie que te sirva. Una vez que podamos desabrocharnos los cinturones, iré a la cocina a ver qué hay para desayunar. Todavía no he comido nada.

–Eso está muy mal, el desayuno es la comida más importante del día.

–Yo casi nunca desayuno. Sin embargo, suelo acostarme tarde y cenar tarde también.

Cleo no quiso pensar en los motivos por los que Byron se acostaba tarde.

Cuando ya alcanzaron la altura de crucero y pudieron desabrocharse los cinturones, Byron se puso en pie.

–Hora de comer algo.

Volvió con una botella de champán y dos copas.

–Un vuelo en primera clase siempre va acompañado de una copa de champán –declaró él–. Y no me digas que no te gusta el champán porque no lo voy a creer.

–Me gusta el champán.

–Estupendo. Entonces, bebe.

El champán estaba delicioso y, sin duda, no tan caro como todo lo que la rodeaba.

Byron volvió a sentarse y, pensativo, bebió un sorbo. Por fin, giró la cabeza y la miró.

–Si tú estuvieras en mi lugar, ¿invertirías en McAllister Mines?

–No es justo que me preguntes eso y lo sabes, Byron –respondió ella con una irónica sonrisa.

–Los negocios no tienen nada que ver con la justicia, Cleo.

–No necesariamente –le contradijo ella–. Scott es muy justo cuando hace negocios.

–Quizá sea por eso por lo que tiene dificultades económicas. En los tiempos que corren, hay que ser despiadado para hacer negocios, Cleo.

La opinión de Byron la desilusionó, aunque debería haber supuesto que Byron sería igual que su padre. Eso le recordó que debería examinar en profundidad el informe de Harvey.

Cleo dejó la copa de champán, casi vacía, y se inclinó para sacar el teléfono móvil del bolso, que había dejado a sus pies.

–Perdona, Byron, pero tengo que trabajar un rato. Necesito ver mi correo electrónico y alguna cosa que otra –lo que era mentira, pero había que ser implacable en los negocios, ¿no?

–Adelante. Yo voy a dormir un poco.

El informe de Harvey no le reveló mucho más de

lo que ella ya había averiguado a través de Internet. Contenía alguna información adicional sobre su nacimiento y educación. Byron había nacido en una clínica privada de Sídney hacía treinta y cinco años, su madre había tenido una hija dieciséis años después de que naciera él. La hermana de Byron se llamaba Lara Audrey. El segundo nombre de Byron era Augustus, igual que su abuelo, propietario de un periódico de Sídney en los años cincuenta del siglo pasado. Byron había estudiado en el colegio Riverview Collage y había destacado en sus estudios, también había sido capitán de varios equipos deportivos y también líder de un grupo de debate.

Lo que significaba que sabía negociar. O mentir. O las dos cosas.

Después de salir del colegio, se había tomado un año sabático para viajar por Europa y América, y había finalizado el viaje en Nueva York, en navidades, que había pasado con su padre. Para entonces, sus padres ya se habían divorciado; al parecer, amistosamente. A su regreso a Sídney, Byron había ingresado en la universidad para estudiar Economía; durante el primer año, había sacado el curso a base de aprobados solo, pero a partir de ese primer año el resto de la carrera había sacado notables; no sobresalientes, porque quizá su vida social había sido excesivamente intensa. Según un compañero suyo de estudios, las chicas no habían parado de entrar y salir de su habitación, a pesar de ir en contra de las reglas del colegio mayor en el que residía.

Pero las reglas solo estaban hechas para que el hijo y heredero de Maddox Media Empire se las saltara, pensó Cleo con cinismo.

Byron le había dicho que quería casarse y tener hijos, pero su pasado sugería que se echaría atrás cuando llegara el momento de tener que comprometerse de verdad. Según el informe de Harvey, Bryon tuvo menos relaciones durante los años que trabajó con su padre que en sus tiempos de universidad, aunque apenas se le veía sin una chica hermosa colgada de su brazo. A su regreso a Sídney, había tenido algunas relaciones pasajeras y dos chicas con las que había estado prometido.

En relación a lo que Harvey había podido averiguar sobre los negocios de Byron a partir de entonces, quedaba claro que jamás había invertido en la industria minera. Byron, sobre todo, invertía en propiedad, tanto comercial como doméstica; también había puesto dinero en algunos aeropuertos, complejos turísticos y residencias de la tercera edad. Nunca había invertido en bolsa, pero sí en dos películas que le había procurado grandes beneficios y que habían sido inversiones de muy bajo riesgo.

De nuevo, Cleo se preguntó cómo Harvey había conseguido tanta información sobre Byron en tan poco tiempo. Scott decía que Harvey era un genio de la electrónica, a pesar de no ser joven; con su calva, corpulencia y sus chaquetas de cuero parecía más bien un ángel del infierno.

Cleo apagó el móvil y lanzó una furtiva mirada a Byron, que estaba en su asiento cruzado de brazos y con los ojos firmemente cerrados.

Miró el reloj y vio que llevaban en el aire solo cuarenta minutos. Dos horas todavía para llegar a su destino.

Cleo suspiró.

–No estoy dormido –dijo Byron abriendo los ojos–. No consigo dormir en los aviones.

–Yo tampoco –aunque nunca había volado mucho y solo vuelos domésticos.

Byron descruzó los brazos y se puso en pie de repente.

–Ven, vamos a ver una película –dijo él ofreciéndole la mano.

–¿Una película? –repitió Cloe aceptando la mano.

–Mi padre tiene todas las películas que acaban de estrenarse. Últimamente, sus negocios incluyen cine y televisión. Por eso tiene un cine en el avión, para ver los estrenos mientras viaja por el mundo.

Cleo trató de centrarse en lo que Byron le estaba diciendo, no en el calor que le subía por el brazo.

–¿Tampoco él duerme en los aviones? –preguntó ella mientras Byron la conducía hasta un sofá color crema enfrente de una enorme pantalla de televisión.

–No mucho –mientras Cleo se sentaba, Byron fue a introducir un DVD en el aparato reproductor–. También echa mucho de menos a su esposa. Alexandra no le ha acompañado en este viaje porque acaba de tener un niño, apenas tiene dos semanas. Mi padre ha venido para poner a la venta la casa que tiene en la bahía. Ha decidido que, de ahora en adelante, se hospedará en un hotel cuando venga a Sídney.

Byron apretó una tecla y añadió:

–Bueno, ya está. Vamos a ver una comedia romántica que la empresa rival de mi padre produjo el año pasado. Aún no se ha estrenado, pero está causando un gran revuelo. Mi padre y yo ya la hemos visto y no nos gustó mucho. Me gustaría conocer tu opinión.

Empieza a verla tú sola mientras yo voy por algo para picar mientras la vemos.

–Bien –contestó ella, contenta de tener una distracción que la alejara de las ideas que le rondaban por la cabeza.

Le costaba no pensar que le caía bien a Byron, que él apreciaba su compañía. Quizá le había pedido que le acompañara a la fiesta de su madre porque se sentía atraído hacia ella.

«Y quizá vives en un mundo irreal, Cleo Shelton. ¿Por qué le iba a atraer una mujer con tu aspecto físico? Has visto las fotos de sus novias. Aunque Grace lograra obrar milagros contigo, no eres ninguna supermodelo ni una hermosa actriz de cine.

Cleo se miró la ropa y deseó, con todo su corazón, llevar puesto algo mejor que esos viejos vaqueros y la chaqueta que había llevado el día anterior.

Fue en ese momento cuando Cleo se prometió a sí misma renovar su vestuario. Le pediría consejo a Grace, no solo respecto a qué llevar a la fiesta.

–¿Qué te parece la película hasta ahora? –le preguntó Byron cuando volvió al sofá con un enorme cuenco de palomitas.

–No está mal –respondió ella–. Un desayuno estupendo, por lo que veo.

Byron le sonrió y a ella le dio un vuelco el estómago. Dadas las circunstancias, decidió concentrar toda su atención en la película. Y, por suerte, él también lo hizo. Byron no abrió la boca hasta que la cinta acabó.

–¿Y bien? –dijo él poniendo a un lado el cuenco de palomitas.

–Es bastante corriente, nada especial –contestó

ella–. Una versión barata de *Pretty Woman*, pero sin grandes estrellas de la pantalla y peor hecha.

–¡Guau! Ni mi padre ni yo conseguimos dilucidar por qué no nos gustó, pero tú has puesto el dedo en la llaga.

–Es solo mi opinión personal. A otros, al público americano por ejemplo, le puede gustar. Sin embargo, a mí esta clase de humor me deja fría. Los personajes son los que deben llevar la comedia, no el hecho de que a una chica se le caiga el café en las piernas de un chico. ¿Qué tiene eso de gracioso? Se supone que la camarera tiene que ser una patosa, pero ser patosa en sí no es nada gracioso. En el mundo real, la habrían despedido de inmediato. Además, el argumento es una tontería y nadie puede creérselo. Por ejemplo, ¿conoces a algún millonario que desayune en un café así todos los días? No solo eso, en esta clase de películas, las chicas pobres logran introducirse en un mundo de lujo. Y eso no pasa en esta película, en la que el chico desciende al nivel de ella. Dudo que sea un éxito. ¿Cómo se titula? El título se me ha escapado.

Byron esbozó una amplia sonrisa.

–Se titula *La chica del café*.

–¿En serio?

–En serio. Creo que lo que les gusta es que lleve la palabra «chica» en el título, está de moda.

–Pero eso está de moda en los *thrillers*, no de las comedias románticas.

–Lo sé. ¿Qué título le pondrías tú?

–Ni idea. Lo único que me ha gustado es la banda sonora.

–Creo que mi padre debería contratarte como consultora. Si no lo hace él lo haré yo. En cualquier caso, creo que es un desperdicio de tu talento que trabajes en una empresa minera.

–Me encanta trabajar con Scott –declaró ella, a pesar de estar encantada con los cumplidos de Byron.

–Podrías trabajar con nosotros a tiempo parcial, en tu tiempo libre –añadió él.

–En pocos minutos vamos a aterrizar en Townsville, señor Maddox –anunció el piloto por el teléfono interno en ese momento–. Abróchense los cinturones de seguridad, por favor.

Diez minutos más tarde estaban en tierra, aunque seguía en una nube. Cuando Byron le puso una mano en el codo mientras salían del avión, una descarga eléctrica le corrió por el brazo. Automáticamente, volvió el rostro y lo miró. Él se detuvo unos instantes y la miró fijamente a los ojos.

Tardó unos segundos en recuperar el sentido.

«No te hagas ilusiones, Cleo. Y, por favor, no hagas el ridículo con este hombre».

–Hace bastante calor aquí, ¿verdad? –comentó ella con una fría sonrisa.

A continuación, Cleo bajó la escalerilla del aparato y, ya con los pies en tierra, echó a andar con decisión hacia el coche de alquiler.

Capítulo 9

EL COCHE que habían alquilado era un todoterreno ligero con asientos de cuero gris y un conductor llamado Lou, bastante parlanchín, pero no impertinente. Una suerte, pensó Byron, ya que Cleo parecía haberse sumido en un extraño silencio nada más subirse al coche. Le había gustado hablar con ella en el avión, le gustaban sus sonrisas y el brillo de sus ojos. Sin embargo, los ojos ya no le brillaban, su mirada se había tornado fría y distante.

No sabía qué pensar de Cleo. Cosa que le irritaba enormemente. Creía saber juzgar a las mujeres.

¿O no?

De ser así, se habría dado cuenta inmediatamente de que Eva y Simona eran unas cazadotes.

–Supongo que les apetecerá comer algo antes de ir a la refinería, ¿no? –preguntó Lou cuando salieron del aeropuerto–. ¿O han comido ya en el avión?

–Nada sólido –respondió Byron–. Pero no disponemos de mucho tiempo, tendrá que ser algún sitio en el que podamos comer algo rápido. ¿Alguna sugerencia?

–A la salida de la ciudad hay un café que está muy bien. Hacen unos sándwiches club extraordinarios. Y el café es excelente también. ¿Les apetece eso?

–¿Qué opinas tú, Cleo? –preguntó él.

–Bien, muy bien –contestó ella con una tensa sonrisa.

Byron frunció el ceño. ¿Qué había hecho para disgustarla de esa manera?

Cleo continuó con esa fría actitud durante la comida en el café. Por suerte, había insistido en que Lou se sentara a comer con ellos y fue el conductor quien evitó un incómodo silencio durante la comida.

–Yo trabajé durante un tiempo en la refinería –dijo Lou masticando.

–¿Y? –preguntó Byron dejando el sándwich en el plato.

–Un trabajo estupendo.

–¿Por qué lo dejó entonces?

Tras esa pregunta, Cleo dejó también su sándwich en el plato y alzó el rostro.

Lou se encogió de hombros.

–Vinieron los malos tiempos –dijo Lou–. Dejamos de recibir la paga de Navidad. Los precios empezaron a bajar. El jefe estaba cada vez más preocupado. Decidí buscarme otra cosa antes de que el negocio acabara hundiéndose del todo.

–Entiendo –dijo Byron–. Así que no me aconseja que me suba al barco ahora, ¿eh?

Lou pareció alarmado.

–¿Qué? No estará pensando en comprar la refinería, ¿verdad?

–Aún no estoy seguro.

–Ni se le ocurra. Yo creía que usted estaba en el negocio del cine. Creía que había venido aquí para ver si este sitio le gustaba para rodar una película o algo así. Ni se me había pasado por la cabeza que se tratara de una inversión.

Byron sonrió irónicamente.

Lou hizo una mueca.

–Espero no haber hablado más de la cuenta –dijo el conductor mirando a Byron, después a Cleo y, por último, a Byron otra vez.

–No, en absoluto –le aseguró Byron–. Pero yo ya sabía que la refinería está pasando por momentos difíciles. Sin embargo, es bueno contar con la opinión de alguien de por aquí. Y me gusta la idea de que este sitio se pueda utilizar para rodar una película. Lo pensaré en serio.

–Estupendo.

–Bueno, acabemos ya. Tenemos que ponernos en marcha –dijo Byron alzando su taza de café.

La carretera no estaba mal y el paisaje era muy bonito... hasta que llegaron a la zona minera, los árboles desaparecieron y el paisaje se tornó árido. En medio de aquel desierto estaba la refinería, con grandes chimeneas alzándose al cielo; sin embargo, de ellas no salía humo.

Tras atravesar las puertas de la valla de seguridad, pasaron por unas construcciones utilitarias, la más grande de ellas era la cantina. El lugar presentaba un aspecto desolado, igual que Detroit después de que su industria automovilista se viniera abajo. El manager de la refinería trató de parecer optimista, pero Byron notó que, en el fondo, estaba muy preocupado.

Durante un recorrido rápido, el manager ideó toda clase de excusas para explicar que la refinería no estuviera funcionando ese día, explicaciones que Byron no creyó ni por un momento. A los cinco minutos de iniciar la visita, Cleo se había disculpado, alegando dolor de cabeza, y Byron se había quedado solo con el manager. Cleo se había ido a la cantina a tomar un analgésico y agua.

Al finalizar el recorrido, Byron se dirigió a la cantina y le sorprendió ver a Cleo fuera de la cantina, de cuclillas, examinando la pata izquierda del perro más grande y más feo que había visto en su vida. Le pareció un cruce entre labrador y gran danés, con algo de dingo y burro.

–¿Qué es eso, Cleo? –preguntó él seguido del manager.

Cleo arrugó el ceño mientras se levantaba.

–Tiene algo en la pata, está cojeando. Pero no consigo averiguar qué es. Es la pata izquierda trasera.

–Ese es Mungo –dijo el manager–. Lleva ya unos días cojeando.

–En ese caso, ¿por qué no le ha visto todavía un veterinario? –preguntó Cleo con evidente enfado.

El manager se encogió de hombros.

–El perro no es mío; en realidad, no es de nadie. Apareció aquí hace unas semanas. Los trabajadores le han puesto de nombre Mungo y le dan comida de vez en cuando, y las chicas de la cantina le dan agua.

–Tiene que verlo un veterinario –insistió Cleo–. El pobre debe tener unos dolores terribles.

–Ya se pondrá bien –dijo el manager sin darle importancia a la cojera del perro.

–No, no se pondrá bien –interpuso Byron–; sobre todo, si se trata de una rotura de ligamentos cruzados.

–¿Qué? –preguntaron Cleo y el manager al mismo tiempo.

–Ligamentos cruzados. Es una lesión bastante común en los perros de gran tamaño. Y si no se soluciona rápidamente, se quedará cojo para siempre y con artritis según se vaya haciendo mayor. Al labrador dorado de mi hermana le ocurrió lo mismo hace un par de años. Tuvimos que operarle, pero Jasper ya está bien.

–En ese caso, será mejor matarlo –declaró el manager señalando al perro, cuyos ojos oscuros eran insoportablemente tristes. Igual que los de Cleo.

Byron suspiró.

–Nos lo llevaremos a Sídney y le llevaré al veterinario. Después, si tú pudieras encontrar a alguien que lo quisiera...

Los ojos de Cleo se iluminaron como un árbol de navidad.

–Eso sería maravilloso. Doreen y yo nos lo quedaremos.

–¿Quién es Doreen? –preguntó Byron frunciendo el ceño.

–Mi suegra. Vive conmigo.

Byron sintió una profunda desilusión. Le había gustado la idea de que Cleo hubiera sido desgraciada en su matrimonio. Pero, de haber sido así, no viviría con su suegra, ¿no? Aunque daba igual, no quería involucrarse en la carga emocional del pasado de Cleo.

–Tendrá que guardar reposo algún tiempo después de la operación –dijo Byron en tono de advertencia–. No podrás permitir que corra por ahí ni que baje escaleras hasta que no se recupere del todo.

–No hay problema. En casa solo tenemos unos escalones para entrar, tanto por la puerta delantera como por la trasera. Y Doreen, en estos momentos, no trabaja.

–Bien. Todo arreglado entonces. ¿Dónde está Lou?

–En la cantina –contestó Cleo.

–Ve a buscarle entonces –ordenó Byron mientras levantaba al perro en sus brazos, igual que había hecho con Jasper–. Es hora de que nos vayamos.

–Le va a costar una fortuna esa operación –le advirtió el manager mientras Byron caminaba hacia el coche.

–Sí, lo sé –alrededor de cinco mil dólares australianos en la clínica veterinaria que él tenía en mente. Como poco.

Pero el servicio era excelente y él podía permitírselo. Además, eso le convertiría en un héroe a los ojos de Cleo.

Capítulo 10

DOREEN aún estaba levantada cuando Cleo llegó a su casa.

–Voy a prepararte un chocolate caliente –dijo Doreen de camino a la cocina después de levantarse del sofá.

–Te lo agradezco de verdad –dijo Cleo siguiéndola.

La cocina no era grande, pero estaba bien equipada y tenía una barra y unos taburetes en los que Doreen y ella hacían casi todas sus comidas.

Cleo dejó el bolso en el suelo y se sentó en uno de los taburetes.

–Imagino que no has debido tener mucho éxito –dijo Doreen mientras preparaba chocolate caliente para las dos–. La industria minera está muy mal.

–Dudo mucho que Byron quiera asociarse con Scott –admitió Cleo con tristeza–. Es una pena, Scott necesita un socio con menos escrúpulos que él. En el camino de regreso, Byron me ha dicho que es imperativo cerrar la refinería de níquel inmediatamente, y estoy de acuerdo con él. Pero ya conoces a Scott, dice que la va a cerrar, pero luego no soporta la idea de dejar a la gente sin empleo.

Doreen suspiró.

–Sí, lo sé. Ojalá fuera mi jefe; de ser así, no habría perdido el trabajo.

Hasta hacía poco, Doreen había trabajado en un supermercado del barrio. Pero el negocio había tenido algunas pérdidas y la habían despedido.

–Me aburro bastante –comentó Doreen dándole una taza con chocolate.

–¿Te gustaría que tuviéramos un perro? –preguntó Cleo, sin saber cómo iba Doreen a reaccionar.

–Pues... no lo sé –contestó Doreen tras reflexionar un momento–. Algunos perros son peligrosos.

Byron había cumplido con su parte y había llevado al perro a la clínica veterinaria, ahora le tocaba a ella.

–Eso es verdad –dijo Cleo–. Pero por algo se dice que el perro es el mejor amigo del hombre. Te quieren incondicionalmente.

Y si había dos mujeres en el mundo que necesitaban amor incondicional eran ellas.

Doreen, por fin, se dio cuenta de que la conversación no era solo pura especulación. Empequeñeció los ojos y la miró fijamente.

–¿Son imaginaciones mías o pasa algo? Vamos, Cleo, no te andes con rodeos. Si quieres comprar un perro, dilo.

–No se trata de comprar un perro, sino de salvar a Mungo.

–Mungo –repitió Doreen–. ¿Por qué me da la impresión de que no se trata de un pequeño cachorrillo?

Cleo decidió que una imagen valía más que mil palabras. Sacó el móvil del bolso y le enseñó a Doreen la foto que había hecho de Mungo tumbado en el sofá del avión del padre de Byron, y otras dos fotos más en el coche camino a la clínica veterinaria.

Por suerte, en la foto se veía bien la tristeza de los ojos del enorme perro.

–Oh, pobrecillo –dijo Doreen, que era una sentimental.

Después de aquello, Cleo le contó el resto, incluido el maravilloso comportamiento de Byron con el perro. Y también que la había invitado a acompañarle a la fiesta de cumpleaños de su madre.

Doreen no se quedó solo sorprendida, estaba atónita.

–¿Me estás diciendo que ese millonario con el que has pasado el día te ha pedido que le acompañes a la fiesta de cumpleaños de su madre?

–Pues... sí.

–Pero... ¿por qué? Quiero decir que... Perdona, ha sonado terrible, pero...

–No te preocupes, Doreen, yo le he hecho la misma pregunta –interrumpió Cleo.

–¿Y qué te ha dicho?

–Según él, su madre se ha propuesto hacer de Celestina y ha invitado a la fiesta a algunas posibles candidatas.

–Entiendo. Y él no quiere casarse, ¿es eso?

–No, no es eso. Byron quiere casarse, pero no con la clase de mujer que le gusta a su madre.

Doreen la miró fijamente.

–Pareces saber mucho de él, y eso que solo habéis pasado un día juntos.

–Bueno, el miércoles almorcé con él, ¿no te acuerdas?

–Pero era una comida de negocios. Y esto parece mucho más que una cuestión de negocios. ¿No será que le gustas?

Cleo enrojeció.

–Y a ti también te gusta él, ¿verdad?

Podría negarlo, pero... ¿qué sentido tenía?

–¡Vaya! –Doreen lanzó un suspiro–. Por mucho que quiera que encuentres a un hombre que te quiera, Cleo, no creo que Byron sea la persona adecuada. No encajarías en su mundo, ¿no te parece? Los hombres como él salen con mujeres extraordinariamente hermosas.

–También se lo he dicho. Y él me ha contestado que yo estaría muy guapa con otra ropa y después de una visita a un salón de belleza.

–¡Cielos! –exclamó Doreen–. ¿Y lo vas a hacer?

–Sí, lo voy a hacer. Voy a renovar todo mi vestuario, no solo un vestido para la fiesta. Estoy harta de mi aspecto, Doreen. Me apetece un cambio de imagen.

–¿Y qué vas a hacer? Tú no sabes nada de modas.

Cleo se echó a reír.

–Ni tú.

Doreen esbozó una triste sonrisa.

–En el pasado, sí. Sabía de moda hasta que me casé; entonces, mi marido cortó toda mi ropa con unas tijeras y me cortó el pelo también. Dijo que no iba a permitir que su mujer pareciera una cualquiera.

Cleo se quedó boquiabierta.

–Después de aquello, fue él quien elegía mi ropa y no me permitió volver a llevar el pelo largo. Cuando murió, yo ya había perdido el interés por esas cosas, había dejado de importarme mi aspecto físico.

Unas lágrimas asomaron a los ojos de Cleo. Martin había sido igual que su padre.

–¿No crees que tú también deberías cambiar? –dijo Cleo–. Mañana iremos de compras juntas. Grace nos podrá ayudar.

–¿Quién es Grace?

–La secretaria de Byron. Créeme, tiene mucho estilo.

–¿No tiene que ir a trabajar mañana?

–Cuando estábamos volando, Byron la ha llamado por teléfono y le ha dado el día libre para que vaya conmigo de compras. Él tiene que jugar al golf con un productor de cine, así que ella no tiene mucho que hacer.

–Byron trabaja mucho, ¿no? –comentó Doreen con cinismo.

–Odia el golf, pero al tipo con el que va a jugar le gusta hacer negocios jugando al golf.

–¿Qué más sabes sobre ese hombre? –preguntó Doreen con una significativa mirada.

Cleo sonrió.

–No desayuna nunca, no sabe hacer críticas de cine y es implacable en los negocios. Pero bajo esa máscara de soltero playboy se esconde una buena persona.

Doreen alzó los ojos al techo.

–¡Mira de quién te has ido a enamorar!

Cleo se echó a reír.

–No me he enamorado. Simplemente, me cae bien.

«Y me quiero acostar con él. Sí, me quiero acostar con él».

Capítulo 11

HAS ESTADO practicando.
Byron miró a Blake después de sacar la pelota de golf del hoyo dieciséis.

–No exactamente. Grace me ha dado algunos consejos.

–¿Grace?

–Mi secretaria.

–¿La conozco?

–Es posible.

–¿Es una joven rubia y muy guapa?

–No, esa es Jackie, la recepcionista. Grace es rubia también, pero tiene cuarenta y muchos años. Y ninguna de las dos está disponible. Jackie tiene novio y Grace va a celebrar las bodas de plata dentro de poco.

Blake lanzó un bufido.

–Debe ser de las pocas que celebren bodas de plata.

–Sí, tienes razón.

–Dime, ¿qué pasó con la despampanante Simona? –preguntó Blake mientras se dirigían a la salida del hoyo diecisiete.

–Digamos que me di cuenta de que no iba a durar ni un año con ella, así que mucho menos veinticinco.

–Las actrices ambiciosas no son buenas esposas, Byron. Créeme, lo digo por experiencia. Yo estuve casado con una, duramos unos diez minutos. Los hombres como nosotros estamos mejor solteros.

Byron sabía lo que Blake había querido decir: los matrimonios felices eran poco comunes tratándose de hombres muy ricos. Después del divorcio, su padre había tardado años en conocer a Alexandra, una mujer también rica que no necesitaba el dinero de Lloyd Maddox.

–Lo que pasa es que a mí me gustaría casarme y tener hijos –dijo Byron–. El problema es que tengo que encontrar a la mujer adecuada.

–Pues buena suerte. Y ahora, ¿seguimos con el juego? Te toca a ti, ya que has ganado el último hoyo –dijo Byron–. Y hablando de otra cosa, si quieres invertir en mi próxima película, será mejor que pierdas un hoyo o dos. Me llevas ventaja y eso no lo aguanto.

Byron lanzó una carcajada.

–Ya me lo advirtió Grace. ¿Pero sabes qué, Blake? Me importa un bledo que me dejes o no invertir en tu próxima película –declaró Byron, sabía que la mejor forma de hacer negocios con alguna gente era aparentar indiferencia.

Blake lanzó un bufido y arrugó el ceño. Ese hombre, con su pelo negro brillante, rostro moreno y penetrantes ojos azules tenía el aspecto de un tirano. Y era guapo. Y sorprendentemente joven para estar a punto de conquistar Hollywood, solo tenía treinta años.

–¿Y eso? –quiso saber Blake.

–La verdad es que estoy interesado en otra inversión en este momento, una inversión de mucho dinero. No sé si tendré liquidez suficiente para arriesgarme a invertir en otra película.

El rostro de Blake ensombreció aún más, si eso era posible.

–¿Arriesgarte? –dijo Blake con expresión furiosa–. Invertir en mis películas no conlleva ningún riesgo. Todas mis películas dan dinero.

–Cierto. Pero ahora vas a trabajar en Hollywood y la gente de allí va a influir en tu trabajo, eso seguro.

–¡Tonterías! ¡Siempre haré las cosas a mi manera!

Byron lanzó la pelota de golf, aunque no tan lejos como era capaz de hacer.

–Puede que invierta un millón o dos en tu próximo proyecto –dijo sin darle importancia.

–Voy a necesitar más –protestó Blake.

–¿Cuánto?

–Veinte millones por lo menos. Mi próxima película va a ser un éxito de taquilla.

Byron se echó a reír.

–¿Lo ves? Ya estás pensando como los productores de Hollywood.

Blake le lanzó una fría mirada.

–Bueno, ¿vas a invertir o no?

–¿Lachland Rodgers va a trabajar en la película?

–Por supuesto. Será el protagonista.

–En ese caso, invertiré. Ese chico tiene madera de estrella de cine.

–Desde luego. Y he sido yo quien le ha lanzado a la fama –con expresión satisfecha, Blake lanzó su pelota unos cincuenta metros más allá que la de Byron.

Cuando los dos hombres agarraron sus bolsas y salieron del green, Blake, más relajado, le preguntó:

–¿Estás saliendo con alguien?

–Sí, así es –admitió Byron. La fiesta de cumpleaños de su madre no iba a ser la última vez que vería a Cleo. Al menos, eso esperaba.

–¿Podría tratase de la esposa que estás buscando?

–No, no lo creo.

–Ah, solo un pasatiempos entonces –comentó Blake.

A Byron no le gustó que consideraran a Cleo un pasatiempos, Cleo era mucho más que eso. En realidad, estaba obsesionado con ella, hasta el punto incluso de quitarle el sueño. Pensó en todo lo que había hecho el día anterior solo para impresionarla. De haber ido solo a la refinería, aquel enorme chucho se habría quedado donde estaba; pero no había podido resistir la mirada de súplica de aquellos ojos y el blando corazón de Cleo. Por lo tanto, había agarrado al animal, lo había subido al avión de su padre, lo había traído a Sídney y lo había llevado a la clínica veterinaria para que lo operaran y pasara allí el postoperatorio. Y todo por ver a Cleo contenta y agradecida. Y ahora, para colmo, incluso estaba pensando en hacerse socio de Scott McAllister, y solo por seguir viendo a Cleo. ¡Una auténtica locura!

La cuestión era que admiraba a Cleo. Sí, la admiraba. Y la deseaba. La deseaba mucho.

Estaba deseando que llegara el día siguiente, el día de la fiesta de cumpleaños de su madre. Se preguntó si debería llamar a Cleo por teléfono para ver qué tal le estaba yendo con Grace.

Quizá después de la partida de golf...

Cleo, Doreen y Grace estaba tomando un almuerzo ligero en la terraza de un café en Martin Place rodeadas de numerosas bolsas de plástico a sus pies, cuando sonó el móvil de Cleo. Al ver que era Byron, arqueó las cejas.

–Es Byron –dijo a sus acompañantes antes de contestar.

Grace y Doreen, ambas, la miraron significativamente y ella, tras una mueca, se puso en pie y se alejó de la mesa para hablar.

–Hola –saludó Cleo. Animada solo con oír su voz–. Creía que estabas en el campo de golf.

–Blake es un jugador rápido. Estamos en el club, almorzando. Blake ha ido al bar por unas cervezas y te he llamado solo para ver qué tal con Grace.

–Muy bien. Por cierto, Doreen está aquí, también ella necesitaba ayuda para elegir ropa.

–Estáis en buenas manos, Grace es una experta.

–Sí, y te lo agradezco de verdad. En serio, te lo agradezco de todo corazón. Grace sabe mucho de estas cosas, ¿verdad?

Cleo estaba encantada con las compras que ya había hecho. Y todavía les quedaba. Apenas pasaban de las doce del mediodía.

–Grace es mi arma secreta.

–Y es encantadora.

–Sí, lo es. Bueno, Blake ya está acercándose con las bebidas. Pasaré a recogerte a tu casa mañana a las siete y media. Intenta estar lista para entonces, nos llevará bastante tiempo ir de Leichardt a Palm Beach.

Cleo tragó saliva. Una cosa era comprar una ropa fabulosa y otra muy distinta era llevarla con el estilo.

–Estaré lista –respondió con una súbita falta de confianza en sí misma.

–Estupendo. Por cierto, ¿tienes a alguien que vaya a recoger al perro mañana?

–Sí, ya está todo arreglado.

Menos mal, ya que iba a pasar la mayor parte del

día en el salón de belleza en el que Grace le había hecho una reserva. Había tenido suerte de que hubiera habido una cancelación en el último momento.

–Perfecto –dijo Byron–. Bueno, tengo que dejarte.

–Antes de que cuelgues... ¿has ganado? –preguntó Cleo.

–Claro que no, no soy idiota. Pero dile a Grace que he dado bien los golpes cortos. Hasta mañana.

–Byron me ha dicho que te diga que no ha ganado –informó Cleo al volver a la mesa–, pero que ha jugado bastante bien.

Grace se echó a reír.

–¿Crees que ha perdido a posta? –preguntó Cleo frunciendo el ceño.

–Es posible.

–Pero...

–Todo vale en el amor... y en los negocios, Cleo –declaró Grace con pragmatismo–. Si Byron quiere una parte de Fantasy Productions, no le conviene contrariar al hombre con el que quiere hacer negocios; sobre todo, un hombre con un ego como Blake Randall.

–Cierto –murmuró Cleo, pensando que había sido un acierto acceder a acompañar a Byron a la fiesta de su madre

Aunque, si era honesta consigo misma, su prioridad ya no era hacer que Byron invirtiera en McAllister Mines. Lo que quería era estar con él.

–Bueno, será mejor que sigamos –dijo Grace–. Aún tenemos que comprar lencería, zapatos y bolsos. Y, por supuesto, perfume.

Capítulo 12

MENOS mal –murmuró Byron al entrar con el coche en la calle de Cleo y ver que un coche salía y dejaba un espacio para aparcar.

Después de aparcar, salió del coche y se miró el reloj. Las siete y media en punto.

La noche estaba fresca. Había elegido un traje gris claro de tejido ligero, los pantalones eran de corte amplio y la chaqueta solo tenía un botón, que siempre llevaba desabrochado, debajo llevaba un jersey blanco en vez de la típica camisa. El cinturón y los zapatos eran negros.

Era raro, pero estaba nervioso, reconoció mientras se acercaba a la puerta de la pequeña casa de madera. Quizá fuera por el mensaje que le había enviado Grace el día anterior diciéndole que le esperaba una gran sorpresa cuando fuera a recoger a Cleo.

Su secretaria estaba disfrutando de lo lindo con aquella situación, aunque no sabía muy bien por qué. Quizá por ser tan Celestina como su madre o por esperar un final romántico. Pero estaba convencido de que no habría un final romántico entre Cleo y él. Posiblemente, un interludio romántico, pero nada de finales felices para ellos dos.

No obstante, eso no significaba que no pudieran tener una satisfactoria aventura amorosa.

La palabra sorpresa no podía describir lo que sintió cuando Cleo le abrió la puerta. Estaba irreconocible. El precioso cabello castaño le caía por los hombros en hondas, parecía una actriz de cine de antaño. Ava Gardner acudió a su mente. El maquillaje, perfecto, destacaba una belleza que había estado siempre ahí, pero disimulada. Los labios rojos eran sumamente seductores. Los ojos de Cleo parecían más grandes que de costumbre.

Pero lo que le dejó completamente atónito era la ropa, de un color azul eléctrico y fino tejido que se ceñía a su cuerpo de guitarra y hacía destacar sus generosos pechos. Calzaba unas sandalias doradas y llevaba pintadas las uñas de los pies; también las de las manos, pero no de un rojo tan intenso, sino de un rosa muy elegante. No lucía ninguna joya, pero su cuerpo desprendía el aroma de un delicioso perfume.

La miró de arriba abajo con obvia admiración. Y sí, también con lujuria. Cuando volvió a alzar la cabeza, los ojos de Cleo se habían agrandado aún más; en sus profundidades vio una nota de vulnerabilidad. Sospechó que se sentía aún algo insegura, a pesar de la increíble transformación.

–Perdone –dijo Byron con expresión seria–. Debo haberme equivocado de casa. Había venido a buscar a Cleo Shelton.

Cleo esbozó una amplia sonrisa.

–No seas tonto –pero se la veía complacida–. Soy yo.

–Estás despampanante, Cleo. La gente va a preguntarse qué hace una mujer como tú conmigo, no al revés.

–Deja de decir tonterías. Tú estás guapísimo, como siempre.

–Eres demasiado amable –contestó Byron–. Bueno, ¿nos vamos ya?

–¿Te importaría pasar un momento? Doreen se muere por conocerte.

La suegra de Cleo era más joven de lo que él había imaginado. Y sorprendentemente atractiva. Llevaba un chándal de terciopelo granate, estaba sentada en un sofá azul marino y la cabeza de Mungo, tumbado en el suelo, descansaba sobre uno de sus pies. El perro le miró con cara de pocos amigos, como si sospechara que él no era el héroe que creían que era tanto Cleo como Doreen.

Byron le dijo a Doreen que no se levantara, se agachó y le dio un beso en la mejilla. Después, le agradeció que hubiera accedido a tener el perro en casa.

–Muchos se habrían negado –dijo él.

Mungo lo miró momentáneamente y después le ignoró por completo. Los perros eran muy listos, sabían distinguir entre los héroes de verdad y los que solo lo parecían. O los que tenían segundas intenciones.

«Calla», le dijo a esa voz en su cabeza. «No voy a hacer nada que ella no quiera».

–Cleo, tenemos que marcharnos ya –dijo al darse cuenta de que Doreen no le quitaba los ojos de encima.

–No olvides tu bolso nuevo –dijo Doreen a Cleo, las primeras palabras que había pronunciado desde que él entrara en la casa–. Y las llaves. Estaré dormida cuando vuelvas. Porque supongo que llegarás tarde, ya que la fiesta es en Palm Beach –esto último lo dijo mirándolo a él.

–Sí, así es –respondió Byron mientras Cleo se acercaba a una mesa baja en la que había un bolso dorado.

Al verla de espaldas, caminando, se alegró de no llevar pantalones ceñidos. Fue entonces cuando se dio cuenta de que no iba a quedarse mucho tiempo en la casa de su madre. Quería estar con Cleo a solas; a ser posible, en su ático.

Ya no tenía sentido tratar de ignorar el sobrecogedor deseo que sentía por Cleo tras aquella transformación. Quizá fuera superficial por su parte, pero en lo único en lo que podía pensar era en acostarse con ella. Y en tenerla en la cama hasta quedar completamente satisfecho. De todos modos, era mejor ser superficial que enamorarse de aquella mujer. No acabaría bien. Y estaba harto de los finales desastrosos.

–¿Lista? –preguntó él cuando Cleo se le acercó con el bolso en la mano.

–Sí, lista –respondió ella con voz algo tensa.

–No es posible que sigas estando nerviosa –comentó Byron cuando ya habían salido con el coche.

–Pues sí, lo estoy –confesó Cleo–. No voy a saber de qué hablar con tu madre ni con la gente de la fiesta. Hace años que no voy a una fiesta.

–¿No vas a las fiestas de Navidad de la empresa?

–Sí, pero eso es distinto. Ahí conozco a todo el mundo y nunca me quedo hasta tarde.

–Ya. Bueno, puede que no nos quedemos mucho en la fiesta. Podríamos ir por ahí, los dos solos. ¿Te gustaría?

¿Qué podía contestar, que le encantaría?

Eso sería demasiado revelador y podía llegar a ser humillante.

–¿Adónde te gustaría que fuéramos? –preguntó Cleo con fingida indiferencia.

Byron le lanzó una fugaz mirada.

–¿Adónde te gustaría ir?

–Tengo entendido que el bar de la Casa de la Ópera está muy animado los sábados por la noche –alguien, no se acordaba de quién, se lo había comentado.

Byron hizo una mueca de disgusto.

–Siempre está lleno. Hay mucho ruido y no se puede hablar. Yo quiero estar a solas contigo, Cleo.

Cleo respiró hondo.

–¿Por qué?

–Sabes perfectamente por qué –respondió Byron con voz queda.

–¿Quieres... quieres acostarte conmigo? –le pareció increíble haber preguntado aquello en voz alta.

Cleo quería acostarse con él, pero no se le había pasado por la cabeza que él la deseara también.

–Sí, claro que quiero.

Cleo se quedó sin habla. Pero también se enfadó. Ahora que había cambiado de aspecto, ¿era digna de ser seducida? ¿Ahora estaba lo suficientemente guapa?

–Llevo queriendo acostarme contigo desde que te conocí –añadió él con una irónica sonrisa.

Eso sí que la dejó atónita. E incapaz de pronunciar palabra.

–¿Es que no vas a decir nada? –preguntó Byron tras unos segundos de silencio.

–No te creo –respondió Cleo tragando saliva–. No es posible. Ese día tenía un aspecto horrible.

–Desde luego no estabas como hoy, eso no voy a negarlo. Pero te deseé, Cleo. Créeme.

–¿Por qué?

–¿Por qué? –repitió Byron–. Quizá porque adiviné a la verdadera Cleo debajo de ese disfraz.

–¿La verdadera Cleo? –¿qué había querido decir con eso?

–La Cleo que, durante unos segundos, me miró como si fuera un manantial después de una larga caminata por el desierto.

–Ah –Cleo enrojeció. Y se sintió humillada por no haber podido disimular lo mucho que él la había atraído.

–Una mujer que te desea, a pesar de no quererlo, resulta irresistible –comentó Byron.

Cleo sacudió la cabeza, asustada por la intuición de Byron.

–Es normal que te apetezca volver a acostarte con un hombre, Cleo. Eso no significa que vayas a traicionar a tu difunto marido.

Cleo enderezó la espalda y la pegó al respaldo del asiento. Después, volvió la cabeza para mirar por la ventanilla. Si Byron supiera...

Pero jamás lo sabría porque ella no se lo iba a decir.

Fue entonces cuando, de repente, una idea acudió a su mente. Entonces, volvió el rostro y le lanzó una furiosa mirada.

–No estás interesado en invertir en McAllister Mines, ¿verdad? Para ti esto es solo un juego. Un juego sexual.

A Byron le dolió la cólera de ella. Le dolió el disgusto que vio en sus ojos.

Y se odió a sí mismo por ello.

Al principio podía haber sido una simple diversión; al menos, eso era lo que había querido que fuese. Pero ya no. No del todo. Sentía verdadero aprecio por esa mujer y no iba a decir ni a hacer nada que pudiera hacerle más daño.

Se salió de la calle principal, tomó una secundaria y allí detuvo el coche. Después de apagar el motor, se volvió de lado en el asiento, de cara a ella. Cleo parecía espantada, sus ojos muy abiertos y expresión confusa.

–Vamos a dejar clara una cosa, Cleo –dijo él con firmeza–. Estoy interesado en McAllister Mines, pero me interesas más tú. Y no solo para jugar un rato contigo. Te lo dije el otro día, me gusta tu compañía. Y sí, me gustaría ser tu amante. Solo te he mentido en una cosa, en el motivo que te di cuando te pedí que me acompañaras a la fiesta de mi madre; no era para que me protegieras, sino porque quería estar contigo y sabía que me dirías que no si te invitaba simplemente, sin más.

–¿Hablas completamente en serio? –preguntó ella más tranquila, pero aún insegura.

–¡Por favor! –gruñó Byron.

Entonces, se desabrochó el cinturón de seguridad, tomó el rostro de Cleo en sus manos y la besó.

Cleo había soñado con besar a Byron, pero no había podido imaginar lo que llegó a sentir cuando los labios de él se apoderaron de los suyos ni cuando la lengua de Byron entró en contacto con la suya. El pecho se le encogió, el estómago parecía querer estallarle, tenía miedo de quemarse.

Cuando la presión de la boca de Byron le empujó la cabeza hacia atrás, pegándosela al respaldo del asiento, Cleo gimió y abrió más la boca, invitándole a una más profunda invasión.

El gemido de satisfacción de Byron la excitó hasta el punto de que ya le daba igual los motivos que él tuviera para hacerle aquello. Tampoco le importaba si había mentido o no. Deseaba a Byron más que él a ella, de eso estaba segura. En ese momento, lo único que tenía sentido era hacerle saber que era toda suya.

«Tienes que dejar de besarla», se ordenó Byron a sí mismo unos minutos después. Cleo era como una droga. Había besado a docenas de mujeres, pero ninguna le había hecho sentirse como lo hacía Cleo: un hombre todo poderoso, viril, un conquistador. Tuvo que hacer un esfuerzo ímprobo para apartar los labios de los de ella.

Por suerte, Cleo tenía los ojos cerrados. Una pena que los labios aún los tuviera entreabiertos y ya sin nada de carmín. Mientras contemplaba la agitación de esos deliciosos pechos bajo el vestido, deseó seguir adelante, hasta el final. Y pronto lo haría.

Una desgracia no poder evitar acudir a la fiesta de su madre.

Byron acarició los labios de Cleo con la yema de un dedo y ella, al abrir los ojos, mostró aún esa vulnerabilidad en sus profundidades.

–No pasaremos mucho tiempo en la fiesta –le dijo a Cleo mientras se volvía a abrochar el cinturón de seguridad.

–Está bien –Cleo suspiró, como si no tuviera opción.

A Byron no le gustó ese suspiro y lanzó una fugaz mirada en dirección a ella.

—No te voy a pedir que hagas algo que no quieras hacer, Cleo.

—Sí, lo sé —respondió ella—. No eres esa clase de hombre.

Byron frunció el ceño.

—¿Qué clase de hombre crees que soy?

—Tierno —respondió Cleo sonriendo—. A pesar de estar muy mimado.

Byron lanzó una carcajada.

—Realmente me gustas mucho, Cleo Shelton.

—Y tú a mí, Byron Maddox.

—¿Completamente en serio? —preguntó él, parodiándola.

Cleo le dio un manotazo en el brazo.

—Si me tomas el pelo no haré nada contigo.

—¡Horror! ¡No, no, por favor! —bromeó él—. Y ahora será mejor que nos pongamos en marcha si no queremos que mi madre llame a la policía para que nos busque.

Capítulo 13

¡OH, NO! Acabo de darme cuenta de una cosa –dijo Cleo cuando Byron le anunció que estaban llegando.

–¿Qué?

–No le he comprado un regalo a tu madre. Ni siquiera una tarjeta de felicitación.

Había estado demasiado ocupada transformándose en la clase de mujer con la que Byron salía.

–No te preocupes, yo le he comprado un regalo y una tarjeta. Diré que es de los dos.

–Gracias, Byron. ¿Qué le has comprado?

Byron sonrió burlonamente.

–Un libro.

–¿Un libro solo? –Cleo frunció el ceño.

–También le he enviado un ramo de flores carísimo –Byron se encogió de hombros–. No es fácil hacerle regalos a mi madre. No le gusta que la gente le regale ropa ni obras de arte ni nada para la casa. Las joyas las regalan los amigos y los amantes, pero no los hijos; al menos, eso es lo que me dijo cuando yo, siendo un simple adolescente, le regalé un collar. Aunque quizá me lo dijera porque el collar no le pareció suficientemente caro. El año pasado le regalé una escultura preciosa, pero la tiene en el cuarto de baño del pabellón de la piscina.

–¿Tiene un pabellón en la piscina?

–Sí, para ir a la piscina.

–Pero si vive al lado del mar...

–La piscina es más bien parte del jardín, Rosalind apenas la usa –explicó Byron–. Lara se baña en la piscina de vez en cuando, aunque prefiere la playa. Igual que Jasper.

Cleo que alegraba de saber quién era quién: Rosalind era la madre, Lara la hermana adolescente y Jasper el perro.

–Dudo mucho que los invitados vayan a bañarse hoy –continuó Byron–. Aunque es una piscina climatizada, las mujeres no querrán que se les estropee el peinado y los hombres estarán más interesados en el vino y el champán.

Cleo tuvo la impresión de que no iban a gustarle los invitados de la madre de Byron. No obstante, a ella tampoco le gustaría que se le estropeara el peinado, le había costado una fortuna.

–¿Y qué libro le has comprado?

–La última novela policíaca de Daniel Silva. A mi madre le encanta.

–Si le gusta tanto, ¿no lo tendrá ya?

–No, seguro que no. Mi madre no se compra libros, prefiere sacarlos de la biblioteca; así, si no le gustan, no tiene por qué terminarlos. No le importa gastar dinero en algunas cosas; en otras, es muy frugal. A lo mejor es porque, hasta que conoció a mi padre, era pobre.

–¿Quieres decir que se casó con tu padre por su dinero? ¿Es por eso por lo que su matrimonio fracasó? –al instante, Cleo se dio cuenta de lo que había dicho, pero ya era tarde–. Perdona, lo siento, ha sido una grosería por mi parte. Además, no es asunto mío.

–No tienes por qué disculparte. No, no fue por eso, creo que, al principio, los dos estaban muy enamorados; pero mi padre se pasaba la vida trabajando y estaba constantemente viajando. Eso fue lo que les distanció.

Byron entró en una calle estrecha repleta de coches, algunos incluso en las aceras.

–Bueno, ya hemos llegado.

–¡Madre mía! –exclamó Cleo–. ¿Dónde vamos a aparcar?

–No te preocupes, eso está solucionado –Byron le mostró un control remoto color rojo que apuntó hacia un lugar un poco más adelante.

Las puertas de un garaje, separado de otro por una elegante entrada y ambos de gran tamaño, comenzaron a levantarse. Detrás había una casa de dos pisos con fachada enfoscada y pintada de color crema. La casa era art déco, las esquinas en curva, igual que los ventanales, y el tejado plano. No le dio tiempo a ver más porque entraron en el garaje y Byron aparcó al lado de un pequeño utilitario blanco.

–Ese es el coche de Gloria –dijo al salir del vehículo–, el ama de llaves. Mi madre y Lara tienen sus coches en el otro garaje. Y este espacio está reservado para los invitados especiales: yo –añadió con una sonrisa traviesa.

Al final, Rosalind Maddox resultó ser muy diferente a como Cleo la había imaginado. Para empezar, la madre de Byron no lucía una ropa extraordinaria ni se había hecho la cirugía estética, como Cleo había sospechado. De noche, sin mucha luz, podía aparentar cincuenta años en vez de los sesenta que tenía, pero no tenía el rostro desfigurado por los estiramientos.

Su atuendo era elegante, pero sencillo: traje pantalón de seda color limón que hacía juego con su pelo rubio ceniza. Sin embargo, lo que más le sorprendió fue lo cariñosa y amable que se mostró con ella. Encantadora. Estaba claro que era su madre quien había enseñado a Byron a desenvolverse tan bien socialmente.

–Oh, gracias –declaró Rosalind con aparente sinceridad al leer la tarjeta de felicitación–. Me encantan las tarjetas que dicen cosas bonitas. Pero Byron, no esperaba nada más –añadió mientras desenvolvía el libro–. Creía que las flores que me has enviado eran el regalo... ¡Oh, gracias! Es mucho mejor que el regalo del año pasado, cariño.

–Mmmm –se limitó a murmurar Byron.

Rosalind esbozó una sonrisa traviesa.

–¡Bueno! –exclamó Rosalind después de dejar el libro y la tarjeta en una mesa auxiliar. Se encontraban en un enorme cuarto de estar con puertas de cristal que daban a una terraza desde la que se veía la piscina y un jardín tropical lleno de lucecillas. A cierta distancia se oía el mar–. ¿Cuánto hace que lleváis saliendo juntos?

–No mucho –contestó Byron.

–¿Y cómo os habéis conocido?

–Cleo es la secretaria de Scott McAllister, el magnate de la minería. Estoy pensando en invertir en su empresa.

Rosalind pareció sorprendida.

–¿En serio? Hasta ahora, nunca te había interesado ese sector, Byron.

Byron se encogió de hombros.

–Uno tiene que ampliar sus horizontes, ¿no?

Rosalind apartó la mirada de su hijo y clavó los

ojos en Cleo, su expresión inteligente mostró que se había dado cuenta de que ella era diferente a las demás novias de Byron. Aunque, por supuesto, ella no era su novia. Su relación solo iba a acabar en la cama. Cosa que le parecía bien, eso era lo que ella quería también.

¿O no?

—Bueno, ahora, si me disculpáis, tengo que ir a atender a los invitados —Rosalind sonrió—. ¿Por qué no hacéis vosotros lo mismo? Ha venido gente muy interesante.

—¿Dónde están Lara y Jasper? —preguntó Byron antes de que su padre pudiera escapar.

—Se ha ido con unas amigas, charlar con mis amigos es una tortura para ella. Y Jasper va con Lara a todas partes. Byron, ¿por qué no le das a esta encantadora joven una copa de champán? He comprado el mejor.

—Ya, te he entendido perfectamente —murmuró Byron después de que su madre se alejara.

—¿A qué ha venido el sarcasmo? —le preguntó Cleo—. Tu madre me ha caído muy bien. Es encantadora.

—Y le has gustado. La conozco y sé que ya está planificando nuestra boda.

—¡No digas tonterías! —exclamó Cleo.

—Está deseando verme casado.

—¡Pero no conmigo!

—¿Por qué no contigo? —preguntó Byron frunciendo el ceño.

—No tengo nada que ver con las mujeres con las que tú estás acostumbrado a salir. Y tu madre también se ha dado cuenta de eso.

–Quizá seas mejor, ¿no?

Cleo no pudo evitar ruborizarse. Durante un segundo, llegó a imaginarse a sí misma convertida en la esposa de Byron Maddox. En el funeral de Martin, había jurado nunca más depender de un hombre, y estaba dispuesta a cumplir esa promesa. Además, Byron jamás se casaría con una mujer como ella.

–Mejor imaginar imposibles, Byron –declaró ella con firmeza–. He venido contigo esta noche porque querías que te protegiera de los intentos de tu madre por casarte. Y accedí a que Grace me ayudara a cambiar de imagen porque quería cambiar mi apariencia física, no lo he hecho por ti. Así que, por favor, no dejes que tu madre se haga ilusiones respecto a nosotros, no sería justo. Y sí, quiero acostarme contigo, pero eso es todo.

Byron no podía creer lo que las palabras de Cleo le habían irritado. No sabía por qué, aunque quizá fuera porque Cleo solo había dicho la verdad, según veía ella las cosas.

Sin embargo, la verdad era diferente para él. Cada vez la deseaba más, y no solo en lo que al sexo se refería. Sí, quería acostarse con Cleo, pero quería algo más que una aventura pasajera. Sin embargo, Cleo ni siquiera parecía querer eso.

–¿Quieres decir que lo único que te interesa es acostarte conmigo una noche? –preguntó Byron tratando de contener su furia, pero sin lograrlo–. ¿Es eso?

–No –respondió ella con vacilación, parpadeando... antes de adoptar una expresión bastante fría–. No, no creo que una noche sea suficiente.

Byron, aliviado, respiró hondo.

–Para mí tampoco, desde luego –dijo él mirándola fijamente a los ojos.

Se habría marchado de la fiesta en ese mismo momento de no haber sido porque unos amigos de su madre se acercaron a ellos para charlar. Se trataba de los vecinos de la casa de al lado y Byron se vio obligado a quedarse un rato más.

–He oído que tu padre ha puesto a la venta la casa que tiene aquí en Sídney –comentó el vecino.

–Sí, así es –respondió Byron.

–Es un buen momento, los precios están muy altos –continuó el hombre–. Al contrario que lo que pasa en el sector de la minería, joven –añadió el vecino dirigiéndose a Cleo.

Byron agarró dos copas de champán de un camarero que pasaba con una bandeja y le ofreció una a Cleo.

–Perdonadme, amigos, pero tengo que ir a hablar con mi madre –dijo Byron a los vecinos–. Me alegro mucho de haberos visto.

Tras la despedida, Cleo y él se dirigieron hacia donde estaba su madre, al lado de la piscina, charlando con un político que él no soportaba y una mujer que trabajaba en televisión y a la que su madre debía haber invitado como posible candidata a ser su próxima novia.

Rosalind sonrió ampliamente al verle acercarse. Pero Byron, inmediatamente cambió de rumbo y, con Cleo, se dirigió a la cocina para ver a Gloria, que estaba supervisando a los de la empresa de catering.

–Hola, Byron –dijo Gloria cariñosamente–. Vaya, ¿y quién es esta joven? –Glroria miró a Cleo de arriba abajo.

Byron hizo las presentaciones antes de decirle a Gloria que quería escapar.

–Mi madre no se va a dar cuenta de que nos hemos ido. Cuando por fin nos eche en falta, ¿podrías decirle que a Cleo le ha dado una jaqueca y que nos hemos tenido que ir? Dile que no nos hemos acercado a despedirnos porque yo tenía miedo de que la leona con la que estaba hablando fuera a comerme.

Gloria se echó a reír.

–Hay más de una leona en la fiesta, te lo aseguro.

Byron sonrió y puso el brazo sobre los hombros de Cleo.

–¿Te apetece comer antes de irnos, cariño?

Agrandando los ojos, Cleo sacudió la cabeza, los hombros le temblaron ligeramente.

–Está bien. Entonces, acábate el champán y vámonos ya.

Capítulo 14

NO DEBERÍAS haberme llamado cariño –dijo Cleo mientras Byron sacaba el coche del garaje–. Gloria se lo va a decir a tu madre y tu madre va a creer lo que no es.

Byron le lanzó una fugaz mirada cargada de irritación.

–¿Tanta importancia tiene? No vamos a volver aquí en los próximos días.

–Puede que tu madre te llame y te haga preguntas al respecto.

–Es muy posible. Pero sé cómo tratar a mi madre, Cleo. Contigo, sin embargo, es otra cosa –gruñó él–. ¿Te importaría dejar de buscar problemas que no existen? Sé que no quieres tener una relación seria conmigo y también que incluso acostarte conmigo te causa ansiedad. Pero tienes derecho a una vida sexual, igual que yo. Somos adultos, Cleo. A nadie le importa lo que hagamos de puertas adentro.

Cleo no sabía, a juzgar por el tono de voz, si Byron estaba exasperado o frustrado.

Ella, por su parte, sentía una gran frustración. Y temor.

–Yo... lo siento –respondió ella con voz ahogada, una súbita angustia le había cerrado la garganta.

Pero... ¿por qué se disculpaba? Tenía derecho a

dejar clara su posición y a explicar sus sentimientos. No le gustaba que Byron los desdeñara.

Byron lanzó un profundo suspiro.

–Yo también te pido disculpas. No debería haberte hablado así. Supongo que se debe a que me siento frustrado. Desde que rompí con Simona no me he acostado con nadie y el celibato no es lo mío.

La confesión de Byron le sorprendió. Y le agradó, a pesar suyo.

–Yo hace años que no me acuesto con nadie –declaró ella sin más–. No he tenido relaciones sexuales desde que a Martin le diagnosticaron el cáncer. De hecho, hacía más tiempo. Dejó de interesarle el sexo cuando empezó la quimioterapia.

–Ya –dijo Byron con hermetismo–. En ese caso, no creo que una o dos noches sean suficientes. En mi opinión, deberíamos pasar juntos todas las noches de la semana que viene, y alguna siesta que otra –añadió con una sonrisa traviesa.

–Ni lo sueñes –contestó ella sonriendo también.

¿Cómo no iba a sonreír? Byron podía hechizar a cualquier mujer.

–¿Por qué no, cariño? Estoy a tu disposición.

–Y deja de llamarme cariño –el término afectivo le afectaba demasiado.

–¿Por qué?

–Sabes muy bien por qué.

–Estás poniéndote testaruda otra vez. Necesitas un hombre con mano firme.

Cleo se echó a reír. Eso era lo último que necesitaba y lo último que quería.

–¿Qué significa esa risa? He notado algo cínico en ella –dijo Byron frunciendo el ceño.

–Soy una mujer rara.

–No sé rara, pero sí enigmática. ¿Por qué no te has acostado con nadie desde que murió tu marido? Han pasado tres años, Cleo. Es hora de que rehagas tu vida.

Cleo deseó poder contarle todo, pero le parecía que eso sería traicionar a Martin. Su difunto marido no había sido un mal hombre, lo que le había ocurrido era que había estado sometido a la mala influencia de su padre. Aunque, realmente, eso tampoco le disculpaba del todo.

–¿Me creerías si te dijera que, hasta conocerte a ti, no me había apetecido acostarme con ningún hombre?

–Por halagador que sea lo que has dicho, no te creo.

–Es la verdad.

–¿Completamente en serio?

–Sí.

–¡Vaya!

Byron deseaba poder creerla, pero no era así. No del todo. Tenía que haber otro motivo, y sospechaba que era que Cleo aún echaba de menos a su marido.

–En ese caso, supongo que no estás tomando la píldora, ¿verdad? –preguntó Byron ya próximos a la ciudad.

–No.

–No importa, yo siempre uso preservativos. No me gusta correr riesgos innecesarios.

–¿Qué quieres decir?

Cleo parecía realmente perpleja, otro de los motivos por los que le gustaba tanto. A pesar de las exigencias de su trabajo, Cleo no era una mujer de mundo; en cierto modo, era sumamente inocente. Estaba casi seguro de que había llegado a la noche de la luna de miel siendo virgen.

–Los hombres ricos como yo son la diana perfecta de las cazadotes –contestó él con brutal honestidad–. El embarazo es una de las formas de atrapar a un hombre rico. Incluso cuando estaba prometido utilizaba protección.

–Eso es muy triste –declaró Cleo con voz queda.

–Es un mal menor –contestó Byron encogiéndose de hombros.

–Supongo.

–He estado a punto de casarme dos veces –admitió él.

–Lo sé. Estuve buscando información sobre ti en Internet antes de ir a tu oficina el día que tuvimos la reunión.

–Y yo hice lo mismo con McAllister –contestó él riendo–. Pero a ti no se te menciona.

Cleo vaciló unos instantes.

–Byron, hay algo más que te tengo que decir.

–¿Qué?

–Antes de ir a Townsville contigo, le pedí al jefe de seguridad de la empresa que averiguara lo que pudiera sobre ti. Espero que no te sientas ofendido.

–En absoluto. No esperaría menos de una inteligente secretaria. ¿Averiguó algo que mereciera la pena?

–No mucho más de lo que yo ya sabía. Averiguó que habías sido capitán en varios equipos deportivos del colegio, que se te daban muy bien los deportes, que salías con muchas chicas y todas ellas muy guapas, y que trabajaste con tu padre en Estados Unidos.

–Así es. Se me considera superficial en lo que a las relaciones con el sexo opuesto se refiere. Además de estúpido. Grace te lo podría haber contado todo ayer.

–Grace no ha pronunciado ni una sola palabra en contra tuya.

–Me alegra saberlo. Escucha, me encanta hablar contigo; pero en estos momentos, prefiero no hacerlo. Lo único que quiero es llegar a mi casa contigo lo antes posible. La verdad es que me resulta difícil pensar en algo que no sea lo que has dicho, que es la primera vez en años que te apetece acostarte con un hombre. Así que, si no te importa, cierra tu preciosa boca hasta que llegue el momento de utilizarla para algo que no sea hablar.

Capítulo 15

CREO... creo que me está dando un ataque de pánico –dijo Cleo con voz ahogada y casi sin respiración mientras subían en el ascensor al ático de Byron.

–Pobrecita –dijo Byron atrayéndola hacia sí–. Pero no creo que sea un ataque de pánico de verdad. Lo que pasa es que estás excitada, igual que yo.

Cleo lanzó un gruñido y después apoyó la cabeza en el pecho de él.

–Vas a llevarte una decepción conmigo –dijo Cleo.

En el momento en que el ascensor se detuvo, Byron apartó la cabeza de ella de su pecho y le puso ambas manos en el rostro.

–No seas tonta –dijo él con firmeza–. Decepción es algo que no voy a sentir cuando te haga el amor.

Cleo suspiró, encantada de que Byron hubiera dicho hacer el amor en vez de acostarse con ella simplemente. No obstante, aún le faltaba confianza en sí misma.

Cuando Byron le tomó la mano y se dispuso a salir del ascensor, ella, reticente, se negó a salir. De repente, tenía miedo de estar cometiendo el mayor error de su vida. No quería que Byron le hiciera el amor porque podía enamorarse de él, lo que no le acarrearía más que problemas. No tenía sentido pensar que Byron podría llegar a amarla. Tampoco quería engañarse a sí misma y creer que Byron podría proponerle el matrimonio. Esos sueños solo podrían causarle un gran sufrimiento, y ya estaba harta de sufrir. Además, tampoco quería volver a casarse. Pero si había un hombre en el mundo que pudiera convencerla de lo contrario, ese hombre era Byron.

–¿Qué te pasa ahora? –preguntó Byron–. Como me digas que has cambiado de opinión voy a salir corriendo y me voy a tirar de la terraza. Y el salto son cuarenta pisos.

Cleo respiró hondo, decidida a ser sensata.

–No he cambiado de opinión –dijo con la tranquilidad de la que fue capaz–. Lo que pasa es que no quiero que haya ninguna relación sentimental entre los dos. Esto debe ser estrictamente físico.

A Byron le dieron ganas de estrangularla. ¿Acaso no había forma de complacer a esa mujer?

–Bien –dijo él de mala gana.

No iba a ser un problema para él, llevaba haciéndolo casi toda la vida. Pero no era lo que quería esa noche.

Disgustado, se inclinó, la levantó en sus brazos y salió con ella del ascensor.

–¿Es esto suficientemente físico para ti? –preguntó él apretando los dientes.

–Por favor, suéltame.

–Solo si prometes dejar de inventar excusas para evitar esto. Lo deseas tanto como yo, Cleo, así que te agradecería que te ahorrases esos juegos de palabras.

Los oscuros ojos de Cleo mostraron auténtica preocupación.

–Yo jamás haría eso. Solo quería ser honesta.

–¿Honesta, Cleo? Pues yo te digo honestamente que voy a ser tan sentimental como me apetezca cuando te haga el amor esta noche. Y esto no va a ser una aventura de una noche. ¿Cuántas veces voy a tener que decírtelo? Me gustas mucho y me gusta estar contigo. Si solo quisiera sexo, hay montones de mujeres dispuestas a acostarse conmigo, algunas ni siquiera cobran. Pero contigo quiero más, Cleo, mucho más.

–Oh –y los ojos de Cleo se llenaron de lágrimas.

Lo que contradecía por completo la exigencia de Cleo de tener una relación física solamente, pensó Byron con una mezcla de culpa y alivio. Había sido duro con ella, podía incluso haber sentido celos del difunto marido de Cleo.

–No llores, por favor –dijo Byron, abrazándola en sus brazos–. No hay motivo para llorar.

Entonces, Byron la dejó en el suelo y sacó las llaves de su bolsillo.

Cleo hizo lo posible por recuperar la compostura mientras Byron abría la puerta.

Byron tenía razón, no había motivo para llorar. Y sí, ella deseaba aquello tanto como él. Pero seguía nerviosa, solo se había desnudado delante de Martin.

Cleo tragó saliva. No se avergonzaba de su cuerpo; de hecho, le parecía que estaba bastante bien. Pero en Internet había visto fotos de las dos mujeres con las que Byron había estado prometido y sus cuerpos eran... ¡espectaculares!

–Ya estás otra vez –Byron la miró furioso.

–¿Otra vez con qué?

–Buscando excusas para salir de aquí.

–No, no es verdad –negó Cleo alzando la barbilla.

–Bien –Byron abrió la puerta y le cedió el paso–. Toma el primer pasillo a la izquierda y, al fondo, verás unas puertas de doble hoja, ábrelas, son las de la habitación principal. Enseguida me reuniré contigo, voy a echar los cerrojos a la puerta.

Con la cabeza alta, Cleo cruzó el espacioso vestíbulo y, girando a la izquierda, se adentró por un ancho pasillo; mientras caminaba, vislumbró una zona de estar que parecía más grande que toda su casa. Al alcanzar las puertas de doble hoja, las abrió y entró en la habitación de Byron.

«¡Cielos!», pensó mientras miraba a su alrededor.

La habitación era inmensa, con una cama gigante y un televisor enorme en la pared opuesta. La estancia contaba con una zona de estar y un pequeño bar en un rincón. Detrás de un sofá había unas puertas de cristal que daban a una terraza con vistas a la ciudad. El mobiliario era elegante y de color blanco, las mesas de cristal. Las paredes y el techo eran blancos, y la alfombra gris. La persona que había diseñado la suite había utilizado el rojo para romper la blancura general. El sofá era de terciopelo rojo y la tapicería de los dos sillones que lo flanqueaban era a rayas rojas y blancas. A ambos lados de la cama había una silla de caña blanca; la funda del edredón era gris y blanca, y había montones de almohadas blancas. Las lámparas de las dos mesillas de noche eran de cromo y las pantallas blancas. Las puertas que daban a la terraza no tenían cortinas, sino persianas blancas.

–¿Te gusta? –le preguntó Byron poniéndole las manos sobre los hombros.

–Claro que me gusta. Es una habitación preciosa.

–Espero que te acostumbres a ella –dijo Byron al tiempo que la hacia volverse de cara a él.

Capítulo 16

BYRON, temeroso de que Cleo se diera media vuelta y saliera corriendo, clavó los ojos en los de ella y vio que continuaba inquieta.

Se acabó el hablar, había llegado el momento de actuar, decidió él.

Fue entonces cuando la besó. Fue un beso suave, lento, un beso destinado a asegurarle que no tenía nada que temer de él. Y cuando ella abrió la boca y de su garganta escapó un suave gemido, Byron supo que ya era suya. Al menos, de momento.

El beso se hizo más intenso. Byron introdujo la lengua en la boca femenina y apenas pudo contener el deseo que sentía por ella desde el momento de conocerla. Resistió la tentación de apresurar la seducción. No quería asustarla. Quería ir despacio. Pero iba a ser difícil. Se había excitado.

¿De qué garganta había escapado ese gemido? ¿De la de ella? ¿De la suya?

Posiblemente, de la de ambos.

De repente, perdió la paciencia. Sus buenas intenciones se esfumaron.

Byron levantó la cabeza y la miró. Cleo tenía los ojos cerrados y respiraba sonoramente. Por fin, ella abrió los ojos y los clavó en los de él. Entones, Cleo hizo algo maravilloso. Le sonrió.

–Besas muy bien –dijo Cleo.

–Y tú te dejas besar muy bien.

Cleo se echó a reír.

–Bueno, basta de charla, Cleo. Me había prometido a mí mismo ser paciente, ir despacio, regalarte el mejor momento del mundo. Y lo haré, pero la segunda vez. Y, por supuesto, la tercera. Sin embargo, en este momento, me muero por estar dentro de ti. Así que, si no te importa, me gustaría desnudarte. Y rápidamente. Por favor, no me lo impidas.

¡Impedírselo! Eso nunca.

Byron la desnudó con una rapidez que demostraba su experiencia en desvestir a las mujeres. Aunque a Cleo eso le daba igual; al menos, en aquel momento. Y en cuestión de segundos, se encontró solo con la ropa interior y los zapatos.

–Tienes unos pechos deliciosos, Cleo –murmuró él después de quitarle el sujetador–. Unos pechos grandes, suaves y naturales.

Byron le alzó ambos senos y bajó la cabeza y se los acarició con la nariz.

–Voy a disfrutar mucho –añadió él–. Y ahora, quítate esos tacones y túmbate. Pero no te quites estas bonitas bragas de satén, quiero quitártelas yo.

Byron se desnudó delante de ella, prenda por prenda. Su cuerpo era musculoso, tenía el vientre liso, con impresionantes abdominales y un pecho digno de una escultura. No tenía vello en el pecho y los pezones eran rosados.

Cleo deseó besar esos pezones, lamerlos, chuparlos... y el resto de ese cuerpo. Deseaba...

Byron le deslizó las bragas por las piernas y las tiró al suelo.

–Como sigas mirándome así no voy a aguantar mucho, Cleo –dijo Byron con voz ronca al tiempo que se reunía con ella en la cama.

Los oscuros ojos de ella se agrandaron.

–Eres una mujer espectacular. Y me encanta esto –dijo él pasándole la mano por el sexo.

–Oh... –gimió Cleo cuando él le introdujo un dedo.

Y cuando Byron la penetró, Cleo se quedó sin respiración, literalmente. Era maravilloso. ¡Y qué grande!

Byron la llenó completamente; sin embargo, le quería más adentro. Levantó las piernas y le rodeó con ellas, le puso las manos en las nalgas y le clavó las uñas. Byron gruñó y después lanzó una maldición.

–Demonios, Cleo –dijo él con voz ronca–. Por favor...

–Calla y muévete –dijo Cleo, enloquecida por la pasión.

Nunca había sentido nada semejante. Ahora que Byron estaba dentro de ella, no podía esperar. Necesitaba alcanzar el orgasmo. ¡Ya!

Cuando él comenzó a moverse con más rapidez y más profundamente, Cleo, por fin, alcanzó el clímax en un estallido de placer, entre gemidos y total abandono y sintiéndose avergonzada de sí misma. ¿Cómo se había atrevido a hablarle así?

Pero Byron seguía moviéndose. Y, de nuevo, todo comenzó otra vez. Abrió la boca y de ella escaparon gemidos. Iba a tener otro orgasmo. Estaba segura. Y entonces... Byron alcanzó el orgasmo y ella otro al mismo tiempo. Los gritos de ambos resonaron en la habitación.

Por fin, silencio. Byron se dejó caer encima de ella, aplastándola contra el colchón. Y cuando Cleo emitió una leve protesta, Byron se disculpó, se apartó de ella y Cleo volvió a gemir.

–Perdona –dijo Byron.

Cleo no quería sus disculpas. No quería nada. Ya no ardía, era todo ceniza. No sentía las piernas ni las manos, su cuerpo era un peso muerto. Cerró los ojos al tiempo que lanzaba un prolongado suspiro. Estaba a punto de dormirse. Le oyó suspirar; después, le oyó sentarse en la cama. Y a partir de entonces ya no oyó nada más.

Byron se quedó de pie al lado de la cama, mirándola.

Estaba consternado, Cleo solo le quería por el sexo.

Estaba decepcionado, había esperado más de ella.

Por fin, después de superar ese golpe a su ego, tomó una decisión. No iba a permitir que ella se le escapara. Quería más de Cleo que unas cuantas noches y estaba decidido a tener relaciones con ella durante el tiempo que siguieran deseándose mutuamente. La química sexual con ella había sido mucho más potente que con Simona o con Eva.

Pero la química sexual no implicaba el amor. El verdadero amor era algo que él, hasta el momento, desconocía. Sería una tontería por su parte creer que se había enamorado de Cleo solo porque ella le gustaba mucho y la deseaba con locura. Quizá, con el tiempo, descubriría lo que sentía realmente por Cleo. Pero, de momento, su capacidad para entender sus propios sentimientos se había visto afectada por sus fracasos amorosos con las dos mujeres con las que había estado prometido; al fin y al cabo, se había creído enamorado en ambas ocasiones. Y se había equivocado.

Lo único que tenía claro era que deseaba a Cleo y ella a él. Quizá, con el tiempo, todo se aclararía Entretanto, tendría que hacerla comprender que no había motivo por el que no pudieran tener una relación, y mucho menos porque ella no quisiera traicionar a su difunto marido.

Sí, ese era el motivo, por supuesto. Byron seguía sin estar convencido de que el matrimonio de Cleo hubiera sido perfecto. Quizá, cuando McAllister volviera de sus vacaciones, podría sonsacarle. O quizá, sutilmente, pudiera hacerle alguna pregunta que otra a Doreen; aunque esto último podría resultar difícil, ya que Doreen era la madre del difunto. No, eso no iba a poder ser.

¡Demonios! Byron se pasó las manos por el cabello. No lograba saber qué sentía por esa mujer. Y eso le molestaba terriblemente.

Cleo continuó durmiendo, sin ser consciente de su angustia. Ella no se sentía frustrada, ¿verdad? Cleo era una mujer totalmente saciada.

«¡Bien, pues yo no me he saciado. En absoluto!»

Con un bufido, Byron agarró la manta que había a los pies de la cama y se la echó a Cleo por encima. Después se dirigió al cuarto de baño para darse una ducha de agua caliente antes de ir a la cocina a comer y beber algo.

Después, cuando ya hubiera recuperado el control sobre sí mismo, iría a despertar a Cleo. Porque la noche solo había empezado. Todavía tenía que satisfacer su renovado deseo por ella y demostrar a Cleo que no podía volver a esa vida desprovista de sexo. Tenía que demostrarle que necesitaba un amante que le procurara placer.

Capítulo 17

CLEO se despertó con una deliciosa sensación. Le llevó varios segundos darse cuenta de a qué se debía y dónde estaba.

Lo primero que sintió fue vergüenza. ¿En serio le había hablado así?

«¡Calla y muévete!»

«Sí, Cleo, lo dijiste. Y él se movió. Y tú tuviste dos orgasmos. Y sí, fue fantástico».

Y los dedos de Byron acariciándole la espalda en ese momento también eran fantásticos.

Un gemido escapó de su garganta.

—Estás despierta —le murmuró él al oído.

Cleo fue a darse la vuelta, pero Byron se lo impidió.

—Vamos a probar esta postura, ¿te parece?

Antes de que ella pudiera protestar, Byron despertó en ella un deseo abrasador y entonces, a sus espaldas, la penetró mientras le cubría los pechos con las manos y le pellizcaba los pezones.

—Eres tan sexy... —susurró él mientras se movía dentro de ella—. No sé cómo has podido aguantar tanto tiempo sin esto.

«Nunca había tenido esto», pensó Cleo, podía responderle. Pero no lo hizo. Guardó silencio y se dejó llevar por esas gloriosas sensaciones. Entonces, ella alzó las nalgas, apretándose contra Byron, moviéndose también. Él gruñó y aceleró el ritmo, moviéndose con más fuerza y más profundamente. Le estrujó los pechos, su encuentro pasó de suave a tempestuoso.

–¡Oh... oh...!

Pronto fue demasiado. Un placer eléctrico. Una insoportable tensión. La amargura de que Byron solo podría ser su amante, nada más. Un amante temporal. Sería ingenuo esperar más.

Ojalá Byron no fuera quien era, empezó a pensar Cleo. Ojalá fuera un hombre normal con un trabajo normal y una vida normal. Pero un hombre normal no podría haber despertado semejante pasión en ella ni hacerla desear lo que nunca podría tener.

El orgasmo de Byron provocó el suyo, sus cuerpos se sacudieron al unísono. Después, mientras Byron le susurraba palabras cariñosas al oído, un profundo desaliento la embargó, disipando la prolongación del placer de otro orgasmo increíble.

«No puedo seguir con esto», se dijo a sí misma. «Sería torturarme a mí misma».

Pero, al mismo tiempo, Cleo sabía que no podría poner fin a aquello. No mientras él siguiera deseándola, a pesar de que el deseo de Byron por ella no duraría mucho. Los hombres como Byron se relacionaban por mucho tiempo con mujeres como ella. Para él, ella era algo diferente, una diversión pasajera, un desafío. Pero dejaría de serlo pronto, Byron ya la había conquistado.

Y eso era algo que no soportaba. Se enorgullecía de ser dueña de su propia vida, totalmente independiente. Pero había dejado de serlo al conocerlo. Cuando estaba con Byron, su fuerza de voluntad se evaporaba.

De repente, se dio cuenta de que, si cedía a los deseos de Byron fácilmente, él se aburriría de ella inmediatamente. Y no quería que se aburriera de ella, todavía.

–Creo que... debería irme a casa ya –anunció Cleo, rompiendo el silencio que reinaba en la habitación.

Byron lanzó una carcajada sin humor.

–Todavía no, cariño. La Cenicienta no vuelve a casa hasta después de las doce de la noche, y solo son las once y media.

Cleo jadeó cuando él se separó de ella bruscamente y volvió a hacerlo cuando Byron la levantó en sus brazos.

–Si no recuerdo mal, he dicho tres veces, no dos –declaró él con un brillo travieso en los ojos.

Cleo recuperó el habla cuando Byron la bajó de la cama y la hizo plantar los pies en el suelo de mármol.

–Eres un chico muy malo, ¿verdad? –dijo Cleo, decidida a no adoptar el papel de mujercita sumisa como había hecho con Martin.

–No soy un chico. Pero confieso que, a veces, sí puedo ser muy malo –contestó él con una sonrisa ladeada muy sexy.

–Será mejor que dejes de suponer que voy a acatar todos y cada uno de tus deseos –le dijo ella con firmeza, pero el hecho de estar de pie y desnuda delante de él traicionó tal afirmación.

No obstante, le gustó ver una sombra de admiración en la expresión de Byron.

–Jamás supondría nada en lo que a ti concierne, Cleo. Y ahora, ¿te gustaría darte una ducha conmigo?

Una pregunta tonta.

–Supongo que podré aguantarlo.

Byron empequeñeció los ojos hasta que se dio cuenta de que era una broma.

–Tú también eres una chica muy mala a veces, ¿verdad?

–No soy una chica. Y, hasta que te conocí, nunca había sido mala.

–En ese caso, cielo, menos mal que me has conocido. Porque, de no haber sido por eso, habrías corrido el peligro de convertirte en una persona muy aburrida.

–Hay cosas peores –le espetó ella con una penetrante mirada.

Byron notó un tono de amargura en la voz de Cleo y se preguntó a qué se debería.

Pero dejó de pensar en ello inmediatamente. Imposible pensar cuando los seductores brazos de Cleo le rodearon el cuello y tiraron de él hacia sí.

Capítulo 18

HACÍA años que Cleo no se levantaba tan tarde. Cuando agarró el móvil de la mesilla de noche y miró la hora, no podía creer que fuera ya casi mediodía.

Como no quería pensar en las razones de su agotamiento, se sentó en la cama y plantó los pies en el suelo. Sacudió la cabeza para no pensar ni preocuparse, se calzó las zapatillas de color rosa, se levantó, se puso su bata rosa y, fingiendo una expresión de normalidad, se dispuso a salir y enfrentarse con su suegra.

Doreen estaba en la cocina preparando café. Mungo estaba tumbado en el suelo, pero se levantó al ver a Cleo en la puerta y, cojeando, se acercó a ella moviendo el rabo.

—¿Cómo estás, chicarrón? —dijo Cleo al perro mientras le acariciaba detrás de las orejas.

—¿Café? —le ofreció Doreen volviéndose de cara a ella.

—Sí, gracias.

Cleo se sentó en una silla y no pudo contener un suspiro.

—Pareces cansada —dijo Doreen mientras llevaba dos tazas de café a la mesa.

—No estoy acostumbrada a la vida social —respondió Cleo evasivamente.

–Debes haberlo pasado muy bien, llegaste bastante tarde. Y no, no estaba esperando despierta a que vinieras. Ya sabes que, al menos una vez por la noche, me levanto para ir al baño. No obstante, reconozco que me asomé a la ventana y vi a Byron Maddox dándote un beso de despedida.

«¡Vaya!»

–Y no me pareció que fuera un beso platónico –añadió Doreen.

En ese caso, ya no tenía sentido mentir. Solo conseguiría empeorar las cosas. Por lo tanto, decidió ser honesta; sobre todo, teniendo en cuenta que Byron la había invitado a cenar esa noche y ella había dicho que sí.

–Es muy agradable –dijo Cleo.

–Estoy de acuerdo. Me ha gustado mucho, más de lo que pensaba. Ya sabía que a ti te gustaba, pero imaginaba que un hombre de su posición sería muy arrogante. Pero no lo es. Debería haberme fiado de tu capacidad para juzgar a la gente. Hoy por hoy, no te gustaría nadie que no fuera una buena persona.

Cleo entendió un mensaje implícito en las palabras de Doreen. Por supuesto, Doreen debía saber cómo se había portado Martin con ella. El hijo había sido como el padre. Pero nunca habían hablado de ello abiertamente.

–¿Y su madre? –preguntó Doreen–. ¿Ha sido agradable contigo?

–Sí, mucho. Y me ha sorprendido.

–No debería. Estabas guapísima. Y está claro que a Byron Maddox también le impresionaste. Apuesto a que te ha vuelto a invitar a salir con él, ¿verdad?

–Sí, así es –respondió Cleo haciendo un esfuerzo por quitarle importancia.

Cleo agarró la taza de café y bebió un sorbo. Le gustaba el café solo y estaba muy caliente.

–¿Cuándo?

–Esta noche, me ha invitado a cenar –sabía que la cena no duraría mucho, no tardarían en subir al ático.

A Cleo se le secó la garganta al pensar en lo que habían hecho en la ducha. Y después de la ducha, otra vez en la cama, Byron había sido más atrevido de lo que ella jamás hubiera podido imaginar.

Cleo no se arrepentía de ello. De lo que sí se arrepentía era de su incapacidad para evitar caer víctima del hechizo de ese hombre. Por supuesto, haberle dicho que solo quería una relación sexual con él era mentira. Cualquier mujer normal querría más con un hombre como Byron. Solo trataba de protegerse para evitar que la hiciera sufrir.

Pero era una pena tener que mentir, que fingir.

–Es muy guapo, ¿verdad? –comentó Doreen tras beber un sorbo de café.

Cleo asintió. Byron no era simplemente guapo, era extraordinariamente guapo.

–Dicen que la ropa ayuda, pero estoy segura de que Byron es más guapo todavía desnudo.

Cleo tosió.

Doreen le lanzó una penetrante mirada.

–Por mucho que me guste que salgas con un hombre, Cleo, no me parece que Byron Maddox quiera nada serio contigo. Los hombres como él acaban casándose con supermodelos y mujeres de la alta sociedad, no con mujeres de la clase trabajadora.

–Lo sé perfectamente, Doreen –contestó Cleo de mala gana. Una cosa era que ella lo pensara y otra muy distinta oírselo decir a otra persona. Lo hacía más doloroso.

–Tendrás cuidado, ¿verdad, cielo? No me gustaría verte sufrir. Diviértete con él, pero no te tomes en serio la relación.

El teléfono de la casa sonó y Doreen se levantó para descolgar el auricular del aparato que tenían en la cocina.

–¿Sí?

El rostro se le iluminó y se sentó.

–Es muy amable de tu parte, Harvey –dijo ella.

Cleo arqueó las cejas y Doreen se ruborizó. ¡Cielos! ¿Había algo entre Harvey y Doreen?

–No, no, esta noche vamos a estar solos Mungo y yo –dijo Doreen–. Cleo va a salir, con Byron Maddox.

A Cleo le habría encantado saber qué le contestó Harvey.

–Bien, lo que tú prefieras, a mí me gusta todo tipo de comida –continuó Doreen–. El vino me gusta más blanco, pero no muy seco.

Al cabo de un minuto o dos más de conversación, Doreen se despidió y colgó.

–Harvey va a traer comida china para cenar conmigo aquí esta noche –explicó Doreen tras la mirada interrogante de Cleo–. Quería ver qué tal está Mungo. Le encantan los perros y estaba preocupado por él.

–¿En serio quieres que me crea que va a venir por el perro? –preguntó Cleo conteniendo una carcajada.

–Eso es lo que ha dicho –respondió Doreen forzando una expresión seria.

–Si a Harvey le gustaran tanto los perros no viviría en un bloque de pisos en los que no se permiten animales –comentó Cleo sonriendo–. Con lo que gana se puede permitir una casa, con jardín, y podría tener todos los perros que quisiera. Harvey viene para verte a ti, Doreen, no a Mungo. Es evidente que le gustas.

–Oh –Doreen parecía encantada.

Cleo se levantó para ir a darse una ducha. La vida daba muchas sorpresas. ¿Quién habría imaginado a Harvey enamorándose de Doreen?

Capítulo 19

BYRON llegó a la calle donde vivía Cleo a las siete en punto y encontró un sitio para aparcar. Salió del coche y, con un extraño nudo en el estómago, caminó hasta la casa y llamó a la puerta. Al instante, oyó los ladridos de Mungo.

El perro, al lado de Cleo cuando esta abrió la puerta, lo miró con recelo.

Cleo, sin embargo, le dedicó una mirada muy sexy. La había llamado unas horas antes, incapaz de pasar más tiempo sin siquiera oír su voz, y ella le había preguntado a qué clase de restaurante iban a ir con el fin de elegir ropa adecuada. Él le había contestado que cualquier cosa informal y zapatos sin tacones, ya que iban a volver a su casa, iban a dejar el coche allí y después irían caminando hasta el pequeño restaurante asiático de comida casera y deliciosa que él frecuentaba.

Cleo llevaba unos vaqueros, pero no los vaqueros horribles del otro día. Estos eran negros y ceñidos. Llevaba unos botines negros y una camisa negra de seda con escote; encima, una chaqueta de cuero rojo hasta la cintura, con cremallera en vez de botones. Se había recogido el pelo, pero en un moño que dejaba mechones sueltos y algo despeinado. Se había maquillado discretamente y los labios eran del mismo rojo que la chaqueta. Rojo sangre.

A Byron le hirvió la sangre en las venas.

–Me encanta tu look roquero –dijo él.

A Cleo se le agrandaron los ojos inmediatamente.

–Una vestimenta informal, como me has dicho.

–Cielo, estás para comerte. Y espero que la cena no dure mucho.

El brillo de los ojos de ella le golpeó. Era sexo, no amor, se dijo a sí mismo.

–Siempre he comido deprisa –murmuró ella–. Ah, mira, por ahí viene Harvey. Harvey va a hacerles compañía a Doreen y a Mungo esta noche.

Entonces, dirigiéndose a Harvey, Cleo añadió:

–Hola, Harvey, ¿qué tal? Mira, este es Byron.

–¿Estás segura que Harvey no es un exángel del infierno?

Cleo levantó la mirada mientras acariciaba el cuerpo desnudo de Byron. Ya habían hecho el amor una vez y se habían dado otra ducha erótica antes de volver a la cama para otra sesión.

–No, no es un exángel del infierno. Pero le gustan las motos. Y era policía.

–¿Y ahora es el jefe de seguridad de McAllister?

–Sí.

–Así que lo sabe todo sobre mí.

–Todo lo que es del dominio público. Pero de «esto» no sabe nada –murmuró ella, poniendo la boca donde antes tenía las manos.

–Eres tan hermosa... –dijo Byron acariciando las mejillas de ella con ternura.

De repente, vio los ojos de Cleo llenarse de lágrimas y no supo qué hacer.

–¿Qué te pasa? –preguntó Byron angustiado.

Ya no podía dejar de reconocer lo que sentía por esa mujer. No podía seguir negando que se había enamorado de ella.

–No, por favor, no llores –dijo él secándole las lágrimas–. Si te pones a llorar yo también voy a hacerlo.

Eso pareció sorprenderla tanto que dejó de llorar.

–¿Tú, Byron?

–Sí, yo. Soy muy llorica. Pasé días llorando cuando mis padres se divorciaron.

–¿Lloraste también cuando rompiste con tu última prometida?

¿A qué venía eso ahora?

–No, no derramé ni una sola lágrima –contestó Byron con una carcajada cargada de cinismo–. La verdad es que lo único que sentí fue alivio. También estaba enfadado conmigo mismo por haberme dejado engañar por una cazadotes, y por segunda vez.

Cleo suspiró.

–Las dos debieron decirte que te amaban.

–Constantemente.

–Pero los hechos negaron sus palabras, ¿no?

–Exacto.

Cleo esbozó una sonrisa triste.

–Te prometo que yo no te diré que te quiero.

Byron la estrechó contra sí, pero mantuvo la expresión impasible.

–Como tu quieras, no me importa. Pero que sepas que soy un romántico.

Ella lo miró fija y prolongadamente; después, se encogió de hombros.

–Sería una tontería por mi parte, ¿no te parece? Ya

tienes demasiado poder sobre mí, no necesitas que admita algo así.

Byron contuvo la respiración. ¿Sabía Cleo lo que acababa de decir? Su esperanza cobró vida de nuevo.

–¿Y qué poder tengo yo sobre ti, cielo? –preguntó mientras la hacía tumbarse encima de él.

El suspiro de Cleo sonó a una deliciosa rendición.

–Contigo hago cosas que sé que no son sensatas –contestó Cleo, y escondió la cabeza en el cuello de él.

–¿Como qué?

–Como esto...

Byron lanzó un gruñido cuando ella comenzó a mordisquearle con pequeños besos.

Capítulo 20

ESTÁS muy guapa hoy jefa –dijo Leanne, la recepcionista de McAllister Mines, cuando Cleo entró a trabajar el lunes por la mañana.

–Tú también lo estás, Leanne –respondió Cleo afectuosamente.

No estaba acostumbrada a que la halagaran por su aspecto, pero le gustó y decidió aprovechar la hora del almuerzo para ir a comprar más ropa; especialmente, adecuada para el trabajo. Ahora ya sabía a qué tiendas ir, gracias a Grace.

«Debería llamarla para darle las gracias», pensó Cleo cuando, ya sentada delante de su mesa de despacho, abrió su portátil. «Y mejor hacerlo ya, antes de ponerme a trabajar».

Sin perder más tiempo, agarró el teléfono y llamó a Grace.

–Hola, Cleo, ¿cómo estás? –saludó Grace.

–Muy bien, gracias. Por eso te llamaba. Quería darte las gracias por lo mucho que me has ayudado y por tus consejos.

–Según tengo entendido, tuviste mucho éxito el sábado por la noche.

–Todo fue bien con la madre de Byron, sí –al menos, eso esperaba.

–¿Y qué tal con Byron? ¿Le gustó cómo ibas?

–Grace se echó a reír–. Qué pregunta más tonta, debía estársele cayendo la baba.

–Sí, le gustó cómo iba –respondió Cleo discretamente–. ¿Ha llegado ya?

–No, todavía no. Pero eso es normal, Byron no suele llegar pronto los lunes por la mañana. Sin embargo, no creo que tarde en venir. Por cierto, esta mañana he echado un ojo a la sección financiera del periódico y, al parecer, el precio del hierro está subiendo, igual que el del carbón. Y, por supuesto, el precio del oro.

Cleo se mordió el labio inferior. Era ella quien debería haber leído el periódico en vez de soñar durante el trayecto en tren de su casa a la oficina. Ni siquiera había comprado el periódico, lo que no era propio de ella. Scott la había puesto al frente de la empresa y ella se había dedicado a comprar ropa y a su aventura amorosa.

–Sí, ya lo he visto –mintió Cleo–. Puede que Byron haya perdido su oportunidad, es posible que Scott ya no vaya a necesitar un socio... ¡Ay! No debería haber dicho eso. Por favor, Grace...

–Soy una tumba. Y otra cosa, Cleo...

–¿Sí?

–Ya sé que no es asunto mío, pero... ¿has vuelto a salir con Byron después del sábado?

–Anoche cenamos juntos –admitió ella con precaución.

–Estupendo. No te puedes hacer idea de lo contenta que estoy. Byron necesita una persona decente, como tú, después de esas dos alimañas con las que estuvo prometido.

–Sigo sin creer que yo pueda gustarle.

—Pues yo sí lo creo.

—¿Te importaría decirme por qué?

—Porque eres decente, Cleo. No eres una falsa. Y eres una mujer muy atractiva, a pesar de la ropa que solías llevar y esos horribles zapatos. Espero que hoy lleves los nuevos.

—Por supuesto. Con lo que me costaron, tengo intención de llevarlos puestos todos los días.

—Unos buenos zapatos son una inversión. Igual que el traje blanco, aunque sospecho que no lo llevas puesto hoy, ¿verdad?

—No, tenía miedo de que se me ensuciara.

—Para eso están las tintorerías.

—Sí, Grace, lo sé. Pero Roma no se construyó en un día.

—Bueno, ahora tengo que dejarte, Byron acaba de llegar. Adiós.

Byron no estaba de buen humor. La noche anterior, durante la última sesión de sexo, el temor a que Cleo quisiera exclusivamente una relación sexual con él se había visto confirmado. Pero por mucho que eso le excitara, ya no le satisfacía. ¿Por qué Cleo no se había enamorado de él, al contrario que la mayoría de las mujeres?

—Buenos días, Grace —dijo de camino a su despacho.

—Buenos días, Byron —respondió Grace con su acostumbrada educación; no obstante, sonreía y le miraba como si supiera algo.

Byron se dio media vuelta y se detuvo.

—Está bien, Grace, suelta lo que tengas que decir. ¿Qué sabes que yo no sé?

–No tengo ni idea de a qué te refieres –respondió Grace con fingida inocencia.

–Hasta ahora me gustaban las mujeres, pero empiezo a pensar que están en el mundo para hacernos sufrir a los hombres.

–¿Estás pensando en una mujer en concreto o estás hablando en términos generales?

Byron se echó a reír.

–No voy a picar el anzuelo tan fácilmente, Grace. Dedícate a tu trabajo y no te metas donde no te llaman.

Furioso, giró sobre sus talones y se fue a su despacho. Cinco minutos más tarde, le pidió a Grace que fuera a verle.

–Perdona, Grace –dijo Byron avergonzado de sí mismo.

–Acepto tus disculpas –respondió Grace sin ningún rencor.

–Me encanta eso de ti, Grace. Haga lo que haga, nunca me lo tienes en cuenta.

–Eso es porque eres mi jefe. Pero si mi marido me hablara así, me lo comería vivo. En cualquier caso, te aconsejo que no te pases, incluso yo tengo mis límites. Y ahora, si no quieres estallar, te sugiero que llames a Cleo.

Byron se quedó boquiabierto.

–¿Cómo sabes que...?

–Llámala –dijo Grace con firmeza, y se marchó.

Encogiéndose de hombros, Byron descolgó el auricular.

–No puedo ir otra vez a cenar contigo esta noche –le dijo Cleo a Byron–. Doreen se reúne todos los lunes por la noche con unos amigos del barrio para jugar a preguntas y respuestas. No puedo pedirle que lo deje y que se quede en casa cuidando de Mungo, no sería justo.

Cleo contuvo la respiración mientras él guardaba silencio momentáneamente.

–Entiendo –respondió Byron por fin–. En ese caso, ¿te importaría que fuera yo a tu casa a cuidar de Mungo contigo?

Cleo se contuvo para no decir que sí al instante; no obstante, estaba encantada. Se estaba enamorando de él. Pero también estaba decidida a no doblegarse a todos los deseos de Byron.

–Me parece bien –contestó ella–. Pero nada de sexo, Byron.

Cada vez que hacían el amor sus sentimientos por él se hacían más intensos. La noche anterior no había podido controlarse. Había deseado comérselo vivo.

–No seré yo quien rompa el trato –declaró Byron con una carcajada–. Anoche, ¿quién era la que no podía parar? Hoy, aunque quisiera, no podría físicamente.

–Oh...

–Eh, Cleo, ha sido una broma. Ahora mismo, solo con hablar contigo, ya me he excitado. Podemos hacerlo en el sofá y decirle a Mungo que cierre los ojos. Dime, ¿a qué hora quieres que vaya?

–Yo... en estos momentos no puedo pensar.

–Bien –murmuró él con voz seductora–. ¿Quieres que nos excitemos mutuamente a través del teléfono?

Cleo resistió la tentación.

–Por favor, Byron, un poco de seriedad. Estoy al frente de la empresa en estos momentos, estoy trabajando. Ah, y hablando de trabajo, ¿te importaría decirme si tienes pensado invertir o no en McAllister Mines? Scott me va a llamar hoy para preguntarme al respecto –mintió ella, desesperada por saber si Scott sabía que el precio de los minerales estaba subiendo.

–Todavía no lo he decidido –respondió Byron con un suspiro.

–Ya. Bueno, ¿cuándo vas a hacerlo?

–Pronto –contestó él, lo que no era de gran ayuda.

–¿Cuándo?

–Dentro de un par de semanas. Tengo que hacer cálculos. Además, me gustaría hablar con Scott personalmente. ¿Cuándo dijiste que iba a volver?

–Yo... no estoy segura.

–Pregúntaselo cuando te llame hoy.

Cleo alzó los ojos al techo. La habían pillado en una mentira.

–De acuerdo. Y ahora adiós, tengo mucho que hacer.

–Aún no me has dicho a qué hora quieres que vaya a tu casa.

–¿Siete y media? ¿Te parece bien?

–¿Vas a darme de cenar o prefieres que lleve yo la cena?

–Supongo que puedo darte de cenar... si prometes portarte bien.

–Seré muy bueno. Muy, muy bueno –contestó Byron con sorna.

Capítulo 21

Y ASÍ CONTINUÓ la semana, Cleo haciendo lo posible por evitar hacer el amor con Byron todos los días, pero rindiéndose siempre.

El martes, cuando ella se negó a cenar con él, Byron apareció en su trabajo a la hora del almuerzo y, en el despacho de Scott, después de cerrar con llave, hicieron el amor encima del escritorio.

El miércoles, Doreen y Harvey fueron al cine y Byron fue a su casa. Empezaron a ver una película en la televisión, pero acabaron haciendo el amor en el sofá, igual que el lunes. Mungo toleraba a Byron, ya no le ladraba, pero tampoco se había encariñado con él. El perro, sin embargo, adoraba a Harvey; lo que era una suerte, ya que Harvey buscaba todo tipo de excusas para ir a ver a Doreen.

El jueves, Byron fue con ella a hacer la compra en el supermercado del barrio mientras Doreen preparaba cordero asado para cenar. Havey llevó dos botellas de vino excelente y, a las ocho y media, los cuatro estaban sentados alrededor de la pequeña mesa de la cocina deshaciéndose en sonrisas.

Sin embargo, la sonrisa de Cleo era forzada. No hacía más que preguntarse adónde conduciría aquello; no en relación a Harvey y Doreen, ya que estaba claro que acabarían delante del altar. Sin embargo, la relación de Byron y ella era un asunto completamente diferente. Aunque Byron se comportaba como si fueran una pareja normal, ella sabía que solo se trataba de un juego; una vez que se aburriera, la dejaría.

Cleo pasaba las noches soñando con que, en algún momento, Byron le declararía su amor y le pediría que se casara con él. Y se odiaba a sí misma por ello porque sabía que eso jamás ocurriría. Era solo un sueño imposible.

Conteniendo un suspiro, Cleo dejó la copa de vino y agarró el cuchillo y el tenedor.

Byron llevaba toda la semana haciendo lo imposible por conseguir que Cleo cambiara de actitud, que confiara en él. Pero no lo había logrado, Cleo continuaba manteniendo las distancias, emocionalmente, no físicamente. Y lo que él quería era su amor.

Había llegado el momento de hacer algo drástico.

–Ha sido una cena fantástica, Doreen –dijo Byron después del postre, una exquisita tarta de caramelo con nata–. ¿Te parecería mal que me lleve a Cleo a dar una vuelta? Me gustaría hablar de un asunto con ella.

A Cleo le sentó muy mal que Byron hablara como si ella no estuviera presente, al margen de dejar a Doreen recogiendo la cocina. En esa casa tenían una regla: la persona que cocinaba no fregaba.

–No voy a dejar a Doreen recogiendo todo esto –declaró ella irritada–. Si quieres hablar conmigo, hazlo mientras me ayudas a recoger la cocina.

–No digas tonterías –interpuso Doreen inmediatamente–. Harvey me ayudará a meter los cacharros en el fregaplatos. Vamos, marchad.

–Cleo, ¿qué dices? –Byron se puso en pie.

Cleo se levantó con desgana, pero no quería montar una escena.

–¿No se te ha ocurrido pensar que quizá Harvey y Doreen también quieren estar solos? –le preguntó Byron de camino al coche.

–No, no se me ha ocurrido –le espetó ella–. Y dudo mucho que lo hayas hecho por eso. En fin, ¿de qué querías hablar conmigo?

Estaba segura de que Byron iba a decirle que había decidido no invertir en McAllister Mines. O quizá fuera que se había aburrido de ella y que quería despedirse.

–Por favor, Cleo, para –Byron se detuvo y la obligó a mirarlo.

–¿Que pare qué?

Byron tiró de ella hacia sí y la besó. La besó hasta hacerla enloquecer de deseo. Y cuando apartó la boca de la de ella, el brillo de los ojos de Byron mostraba enfado más que pasión.

–Entra en el coche –le ordenó él–. Y no pronuncies una sola palabra, necesito calmarme antes de hablar contigo.

Casi mareada por el beso, le obedeció.

Byron recorrió el trayecto de la casa de ella hasta su ático en silencio.

–¿Puedo hablar ya? –preguntó Cleo cuando Byron apagó el motor del coche.

–Si no queda otro remedio...

–Me gustaría que fueras honesto conmigo –dijo ella con firmeza–. Si lo que pasa es que ya no quieres verme más, dilo.

Byron, boquiabierto, la miró fijamente.

–¿Si ya no quiero verte más? ¿Te has vuelto loca? Es justo lo contrario. Quiero verte todos los días de mi vida. Quiero que seas mi esposa, quiero que te cases conmigo, Cleo. Eso era de lo que quería hablar contigo. He intentado ser paciente; pero hoy he hablado con mi padre, le he contado lo nuestro y me ha dicho que sería una idiotez por mi parte esperar. Me ha dicho que debía decirte lo que siento por ti. Me he enamorado locamente de ti, Cleo. ¿Es que no te has dado cuenta?

Cleo no sabía qué decir ni qué pensar ni cómo reaccionar. En vez de volverse loca de alegría, se vio sobrecogida por dudas y temores. Lo de «locamente enamorado» le hacía temer un amor inestable, un amor que no podría durar. Posiblemente, Byron también había estado «locamente enamorado» de sus dos prometidas anteriores. ¿Y cómo había acabado? Por otra parte, no quería ser simplemente la esposa de Byron, no quería quedarse en casa cuidando a sus hijos mientras él se pasaba la vida viajando por todo el mundo como su padre.

Byron era un hombre poderoso que esperaría que su mujer se supeditara a él y se doblegara a sus deseos. No, no podía volver a caer en la misma trampa. Su matrimonio era algo imposible. Mejor sufrir ahora que más tarde.

Cleo sacudió la cabeza.

–¿Es que no me quieres, Cleo? –preguntó él–. ¿Es eso?

–Claro que te quiero –respondió ella con voz ahogada y una profunda tristeza.

El alivio y la felicidad que le embargaron estuvie-
ron a punto de hacerle estallar.

–En ese caso, ¿cuál es el problema? –preguntó
Byron recostando la espalda en el respaldo del asiento
del coche.

–El problema es que no quiero casarme contigo,
Byron.

Byron hizo un esfuerzo por contener un súbito pánico. Si Cleo no se casaba con él, jamás se casaría.
Cleo era la única mujer que deseaba, no quería a nadie más.

–¿Por qué no? –preguntó tratando de no perder la
calma.

–Porque intentarás hacerme cambiar, Byron. Sé
que lo harás.

–¿Por qué iba a querer que cambies si me he enamorado de ti por cómo eres?

–Los hombres cambian después de casados –declaró ella con expresión sombría.

Fue entonces cuando las sospechas de Byron se
confirmaron, el matrimonio de Cleo no había sido
idílico.

–Para empezar, querrás que deje mi trabajo –continuó ella.

–Te prometo que no lo haré –contestó Byron.

–Las promesas se rompen. Igual que los votos ma-
trimoniales. A un hombre como tú, Byron, le resulta-
ría muy difícil mantenerse fiel; sobre todo, una vez
que yo dejara de ser una novedad para ti.

—Jamás me aburriré de ti.

—Lo harás.

—O sea, ¿que te niegas a casarte conmigo?

—No me queda otro remedio.

Frustrado, Byron se pasó las manos por el pelo, aunque de lo que tenía ganas era de arrancárselo a tirones. Por fin, bajó las manos y las puso en el volante del coche. Pero no tenía intención de darse por vencido, eso iba en contra de su personalidad.

—Bien —declaró él adoptando el tono de voz que empleaba en los negocios—. Ya veo que he cometido un error al pedirte que te casaras conmigo así, tan de repente. Por eso se me ocurre otra cosa... ¿Por qué no te vienes a vivir conmigo durante un tiempo? ¿Qué te parece la idea?

A Cleo no le quedó más remedio que reconocer que Byron era un hombre persistente. Pero ella no podía volver a pasar por todo lo que había pasado con Martin. Si, al final, accediera a casarse con Byron, él tenía que ser consciente de que no podría hacerla cambiar.

—Lo siento, Byron —le conmovió la expresión de pesar que vio en él, pero no lo suficiente como para ceder—. Preferiría que continuáramos como estamos hasta que te conozca mejor.

Byron apretó los labios con gesto ligeramente petulante.

—¿Qué más quieres saber de mí? —le espetó él—. El jefe de seguridad de tu empresa ya me ha investigado. Soy un libro abierto. Puedo darte todo lo que el dinero puede comprar. Sé que un ático no es la mejor residencia para tener una familia, pero... –Byron se interrumpió y la miró con furia–. ¿Es eso? ¿Lo que pasa es que no quieres tener hijos?

–No, no es eso, Byron. Me encantaría tener un hijo, eso ya te lo he dicho. Y no quiero criar un hijo sola. Conozco a muchas mujeres que crían solas a sus hijos; pero, en mi opinión, los niños son mucho más felices con dos padres que se lleven bien.

–Estoy completamente de acuerdo contigo en eso –dijo él–. Yo lo pasé muy mal cuando mis padres se divorciaron, aunque tuve la suerte de que durante mis primeros dieciséis años mis padres parecían contentos el uno con el otro. Lara, sin embargo, no tuvo tanta suerte. Y se nota. Es bastante rebelde y, por supuesto, está muy mimada. Mi madre la mima mucho, quizá porque se siente culpable.

–¿Por el divorcio?

–Solo en parte –Byron la miró con expresión pensativa–. Lo que te voy a decir quiero que quede entre tú y yo, no se lo digas a nadie. Pero, como futura esposa de Byron Maddox, será mejor que lo sepas. Lo mejor es empezar con buen pie, sin secretos entre los dos.

Cleo alzó los ojos al techo, pero decidió no protestar.

–Lara no es hija de mi padre –continuó Byron–. Mi madre tuvo una aventura amorosa con su profesor de tenis y Lara es hija suya.

–¡Cielos! –exclamó Cleo–. ¿Lo sabe Lara?

–No. Y su padre biológico tampoco lo sabe. Mi padre la aceptó como suya a cambio de que mi madre no se opusiera al divorcio.

–¿Y cómo es que lo sabes tú? ¿Te lo dijo tu madre?

–No. Me lo contó mi padre cuando yo empecé a salir con chicas en la universidad. Mi padre estaba muy enfadado conmigo. En fin, hicimos las paces y ahora estamos muy unidos, a pesar de nuestras diferencias –Byron lanzó una leve carcajada–. No me gusta la forma como mi padre hace negocios y, en su opinión, yo soy demasiado conservador con el dinero. Y hablando de dinero, no quiero invertir en McAllister Mines, a pesar de que los precios de los minerales estén en alza. No es lo mío. Voy a invertir en el cine.

–¿Y a eso lo llamas ser conservador con el dinero? –preguntó ella sonriendo.

–Sé lo que quieres decir. Pero te aseguro que Blake Randall quiere solo un socio capitalista para su productora y hoy le he contestado que cuente conmigo. Lo siento. De todos modos, creo que tu jefe sobrevivirá ahora que los precios empiezan a subir otra vez. En fin... ¿qué te parece si subimos a mi casa y seguimos conociéndonos en un sentido bíblico?

Como siempre, a Cleo se le endurecieron los pezones al instante.

Capítulo 22

CLEO se levantó en mitad de la noche para ir al baño y fue entonces cuando notó que era la primera vez que se sentía tan pegajosa después de hacer el amor con Byron, él siempre utilizaba preservativos. Esperaba que se debiera a la propia lubricación de su cuerpo, pero temía algo peor. Entonces, notó algo extraño.

¡No!

El corazón se le encogió al darse cuenta de que Byron no había utilizado preservativo. ¿Lo había hecho a propósito? ¿Lo había hecho con la intención de dejarla embarazada para obligarla a casarse con él?

Le dieron ganas de vomitar. No porque temiera haberse quedado embarazada, ya que esperaba que le llegara el periodo en dos días y nunca se le retrasaba. No, su angustia se debía a la idea de que Byron hubiera podido hacer algo semejante. Byron quería controlarla, forzarla a cambiar de idea... ¡Por medio de un embarazo!

Sintió tal furia que le dieron ganas de gritar. Que Byron pudiera hacer algo así demostraba lo cruel y egoísta que era. Lo que significaba que jamás podría ser el hombre de su vida. ¡Jamás!

Byron se despertó cuando Cleo empezó a sacudirle por los hombros.

–Despierta, sinvergüenza –gritó ella.

Byron lanzó un gruñido. No había sido su intención prescindir del preservativo al hacer el amor con ella, pero la pasión le había hecho olvidarse de todo lo que no fuera placer en ese momento. Después, al darse cuenta, se había dicho a sí mismo que no importaba que Cleo se hubiera podido quedar embarazada. Él la amaba, quería casarse con ella y quería tener hijos con ella. ¿Cuál era el problema?

–¿En serio creías que te ibas a salir con la tuya? –le espetó ella–. ¿Acaso creías que no iba a notar que no has utilizado preservativo?

Byron parpadeó.

–Lo siento –fue lo único que se le ocurrió decir–. Ha sido solo la última vez. No lo he hecho adrede, te lo prometo.

–No te creo. Lo has hecho aposta. Te conozco, Byron. No te gusta que te digan que no a nada. Me he negado a casarme contigo y has decidido dejarme embarazada para obligarme a ello.

–Eso no es verdad, no era esa mi intención –declaró Byron acaloradamente–. Pero si te quedaras embarazada, ¿tan terrible sería? Te amo, Cleo, y quiero casarme contigo y tener hijos contigo.

–Si me conocieras, Byron, sabrías que, después de lo que has hecho esta noche, todo se ha acabado entre los dos. Podríamos habernos casado, quizás, si hubieras tenido más paciencia. Pero no, Byron Maddox siempre consigue lo que quiere cuando quiere.

–Cleo, yo...

–¡Ni una palabra más! No quiero oír ni una palabra

más tuya. Has dicho que me quieres, pero no tienes ni idea de lo que es el amor. Lo único que quieres es conseguir todo lo que se te antoje, al margen de lo que los demás quieran o piensen. Y ahora, voy a vestirme y me voy a marchar. Y no, por favor, no te levantes, voy a pedir un taxi por teléfono. No quiero ni verte.

–Por favor, Cleo –dijo él mientras ella agarraba su ropa y se dirigía al baño.

Cleo se dio media vuelta y se detuvo.

–Me das pena. Para mí, has muerto. Se ha acabado.

–No hablas en serio –dijo él, horrorizado al ver la fría expresión de Cleo.

–Sí, claro que sí hablo en serio.

–Pero tú me quieres...

–Pero lo superaré con el tiempo. Ya lo verás –contestó ella.

–Sé que estás disgustada. Te llamaré mañana...

–Ni se te ocurra.

–Te llamaré.

Cuando Cleo salió del baño ya vestida, él no pronunció ni una sola palabra. En silencio, la vio pedir un taxi por teléfono y luego la vio partir.

¿Por qué no se había parado y se había puesto un preservativo? Ahora le iba a costar mucho recuperar a Cleo.

Pero no sería imposible, decidió con renovado optimismo. Nada era imposible. Amaba a Cleo y estaba convencido de que ella le correspondía. Con el tiempo, le perdonaría.

Porque pensar lo contrario le resultaba insoportable.

Capítulo 23

HACÍA poco que Cleo había llegado al trabajo cuando Harvey se presentó en su despacho con dos docenas de rosas rojas.

–Un repartidor las había dejado en la recepción –declaró Harvey–. Supongo que son de Byron, ¿no?

–Sí –contestó Cleo con frialdad–. Me manda un ramo igual todos los días a la misma hora. Es el sexto día que lo hace –el fin de semana las había enviado a su casa–. Le diré a Leanne que las reenvíe al hospital de mujeres, es lo que he hecho con los otros ramos.

Harvey dejó las rosas encima de la mesa de despacho y después agarró un pequeño sobre con una tarjeta, pero no lo abrió.

–¿Qué dice la tarjeta?

–Siempre lo mismo: «Lo siento. Te quiero. Por favor, perdóname».

–¿Por qué no lo perdonas?

–Porque no puedo –contestó ella poniéndose tensa.

–Yo diría que es porque no quieres.

–Si tú lo dices...

–Sí, así es. No permitas que el orgullo te impida perdonarlo, Cleo.

–No es una cuestión de orgullo, Harvey. ¿Alguna cosa más?

–No. Solo he venido para decirte que Doreen está

muy preocupada por ti. Dice que no comes y que tampoco duermes.

A Cleo le molestó que Doreen le hubiera contado eso a Harvey, y no directamente a ella.

–¿Por qué no me lo ha dicho a mí?

–A Doreen no le gusta discutir –respondió Harvey encogiéndose de hombros–. Verás, Cleo... Doreen me ha contado lo mal que la trataba su marido y no hace falta ser un genio para darse cuenta de que su hijo era igual que él.

–Sí, lo era –confirmó Cleo con pesar.

–Byron no tiene la culpa de lo que otro hombre te hizo.

–No, de eso no tiene la culpa, pero sí es responsable de lo que él ha hecho.

–Bueno, yo de eso no sé nada. En fin, tu vida es tu vida. Le prometí a Doreen que hablaría contigo y ya lo he hecho. Misión cumplida. Y ahora dime, ¿cuándo vuelve el jefe?

–Hoy. Debe ya estar a punto de llegar. Su avión ha aterrizado a las seis y media de la mañana y me ha enviado un mensaje diciendo que, después de pasar por su casa, vendría inmediatamente aquí.

–¿Qué vas a decirle sobre Maddox?

–La verdad –respondió Cleo–. Le diré que Byron no está interesado en asociarse con él.

Harvey se echó a reír.

–Pues buena suerte. Scott puede despistarse a veces, pero no tiene un pelo de tonto. Nada más verte se va a dar cuenta de que hay algo entre Maddox y tú, y no lo digo solo por el cambio de ropa y de peinado. Se te nota en la mirada.

–Oh –al instante, Cleo parpadeó y alzó la barbilla

con gesto desafiante–. Gracias por decírmelo. De ahora en adelante tendré más cuidado.

–Otra cosa, en lo que se refiere a Doreen, quería que supieras que estoy enamorado de ella. La quiero incluso más que a mi Harley Davidson, que ya es decir. De hecho, quiero...

La llegada de Scott con Sarah, su esposa, puso fin a la conversación. Harvey, después de los saludos, se marchó, dejando a Cleo sola ante las incrédulas miradas de Scott y Sarah.

Cleo llevaba puesto el precioso traje de chaqueta blanco y, aunque se había recogido el pelo, unos mechones le caían a ambos lados del rostro. También iba maquillada.

Sara fue la primera en darse cuenta de lo que pasaba.

–Creo que Cleo tiene un admirador –comentó Sarah–. Y un aspecto magnífico. ¿Me equivoco?

–No del todo –respondió Cleo evasivamente.

–Cuenta, por favor.

–No creo que...

–Por favor, Sarah –dijo Scott en tono indulgente–. Has venido para darle a Cleo el pañuelo que le has traído de regalo, no para someterla a un interrogatorio. Aunque debo admitir que está guapísima. Debe tratarse de un hombre increíble para provocar semejante transformación.

Eso fue lo que la desarmó. Sí, Byron era increíble. De no haber hecho lo que había hecho, probablemente estaría prometida con él, contemplando un futuro juntos maravilloso en vez de estar ahí sentada amargada y sintiéndose sola.

Los ojos se le llenaron de lágrimas y se derrumbó delante de Scott y Sarah.

Sarah la abrazó.

–Scott, ve por los pañuelos de celulosa que tienes en tu despacho –ordenó Sarah a su marido.

Cuando Scott regresó con la caja de pañuelos, Sarah le secó las lágrimas y mandó a Scott a preparar café. Scott volvió a los pocos segundos y dijo que había pedido a Leanne que lo preparara.

Cleo lanzó un gruñido de protesta. No quería que todos los de la oficina se enteraran de cómo estaba. Aunque suponía que Leanne ya lo sabía, ella se había encargado de las flores.

–Creo que Cleo necesita un poco de aire fresco –declaró Sarah con firmeza–. Ven, cielo, vamos a dar un paseo y a charlar tranquilamente.

–¡Pero yo quería hablar con Cleo del asunto con Byron Maddox! –protestó Scott.

Al oír el nombre de Byron, Cleo dejó escapar un sollozo.

Sarah, inmediatamente, se dio cuenta de lo que pasaba. Scott, sin embargo, seguía perplejo.

–No vas a hacer negocios con el maldito Byron Maddox –dijo Sarah–. No si yo puedo evitarlo.

–Esa es la cuestión –dijo Scott–. Ya no le necesito. McAllister Mines puede salir adelante sin él.

–Bien –contestó Sarah–. En ese caso, llámalo y díselo. Entretanto, Cleo y yo vamos a salir a tomar un café y tardaremos un buen rato en volver.

A Cleo le gustaba Sarah y la admiraba. Le iría bien hablar con una mujer dispuesta a escucharla y comprenderla.

–A ver si lo he entendido, Byron te pidió que te casaras con él y tú contestaste que no, ¿es así? Y entonces hicisteis el amor, pero él no se puso un preservativo y, cuando te diste cuenta, te enfadaste mucho y rompiste con él, a pesar de saber que no corrías riesgo de quedarte embarazada. ¿Lo he entendido bien?

–Sí –respondió Cleo mirando a su alrededor en el concurrido café.

–Lo que Byron hizo no fue tan terrible, Cleo; no es nada en comparación con lo que Scott me hizo a mí. Sin darse cuenta, no utilizó protección. Pero solo ocurrió una vez. Y, por lo que me cuentas, es obvio que está enamorado de ti. Reconozco que, cuando le conocí el año pasado, no me cayó muy bien, aunque supongo que en parte fue por ir acompañado de su prometida, una mujer horrible. Era guapísima, pero insufrible.

Cleo la miró fijamente, no del todo de acuerdo con Sarah. Y esta se dio cuenta inmediatamente.

–Cleo, creo que Byron te quiere de verdad. No como tu difunto marido.

–¿Por qué dices eso? –preguntó Cleo sorprendida–. Martin me quería.

–¿Tú crees?

Cleo suspiró y, por fin, le contó a Sarah los horrores que había tenido que sufrir durante los primeros años de su matrimonio.

–¡Qué sinvergüenza! –exclamó Sarah en voz baja.

–No era culpa suya –le disculpó Cleo–. Copió el comportamiento de su padre.

–Eso no es una excusa, Cleo.

–Sí, tienes razón –Cleo asintió–. De hecho, iba a dejarle, pero fue entonces cuando le diagnosticaron el cáncer. Y cambió.

–Lo que quieres decir es que perdió el control que tenía sobre ti, ¿no?

–Sí, eso es justo lo que pasó.

–Pero te dejó traumatizada y con el temor de que cualquier otro hombre quisiera controlarte de la misma manera que lo hizo Martin.

–Sí –respondió Cleo con un profundo suspiro.

–Tienes que contarle a Byron lo que me has contado a mí. Tienes que hacerle comprender lo importante que es para ti no pasar por lo mismo que ya pasaste. Estoy segura de que lo comprenderá.

–No sé si...

–Vamos, Cleo, agarra el móvil y llámalo ahora mismo. Dile que quieres hablar con él.

Pero Cleo no movió ni un músculo.

–Estoy esperando –insistió Sara mirándola fija y duramente.

De repente, Cleo recordó su conversación con Harvey. Él le había dicho que no permitiera que el orgullo la impidiera ser feliz.

–Está bien.

Cleo, cediendo por fin, marcó el número de Byron, pero solo le salió el contestador. Entonces llamó a Grace.

–Hola, Cleo –respondió Grace en tono de sorpresa.

–Me gustaría hablar con Byron, Grace. ¿Está en la oficina?

–No. Me dijo que tenía que salir, pero no me ha dicho adónde.

–Ya.

–¿Lo has llamado al móvil?

–Me sale el contestador.

–Sí, no me extraña. No quiere hablar con nadie, está muy deprimido, Cleo. Muy, muy deprimido.

Cleo no podía imaginar a Byron deprimido. Enfadado, sí; deprimido, no.

–Cuando vuelva le diré que has llamado.

–Sí, por favor. Y gracias.

Justo al cortar la comunicación sonó el móvil de Sarah.

–¡Sé dónde está! –exclamó Sarah–. Está hablando de negocios con Scott, pero Scott ha dicho que esperará allí hasta que tú vuelvas.

Capítulo 24

E N EL DESPACHO, después de que Sarah y Scott les dejaran solos, Cleo no podía dejar de mirar a Byron. Estaba guapísimo con ese traje azul marino. Estaba guapísimo siempre. Sin embargo, sus ojeras traicionaban noches sin dormir y sufrimiento.

–Siento mucho lo que ha pasado, Cleo –dijo Byron antes de que ella pudiera decir nada.

–Lo sé –Cleo esperaba que su sonrisa le reconfortara–. Y te perdono.

–¿En serio? –a Byron se le iluminaron los ojos.

–Sí. Pero lo que hiciste estuvo mal.

–Lo sé –dijo él con absoluta sinceridad–. Si pudiera volver atrás...

–No se puede volver atrás, Byron. Pero yo también debo pedirte disculpas por reaccionar tan mal y quiero explicarte por qué.

–No reaccionaste mal –murmuró Byron–. Yo...

–Byron, calla y escúchame –lo interrumpió ella.

Sorprendido, Byron se sentó en la silla más cercana. Cleo ocupó el asiento de Scott.

–Y ahora, deja que te cuente la historia de una adolescente que perdió a sus padres en un accidente de coche y fue a vivir con sus ancianos abuelos, que a su vez murieron cuando ella solo tenía diecinueve años, dejándola sola, sin apoyo de ninguna clase y sin poder evitar que cometiera la mayor equivocación de su vida.

Cleo tragó saliva y continuó el relato de su vida de casada con Martin. Cuando llegó al momento de su muerte, unas lágrimas le resbalaban por las mejillas. Byron hizo amago de levantarse, pero ella se lo impidió.

–No, por favor –dijo Cleo con voz ahogada–. Aún no he acabado.

Byron volvió a acoplarse en el sillón, sus ojos llenos de compasión.

–Después de que Martin falleciera, juré que no volvería a permitir nunca que un hombre me controlara, me prometí a mí misma ser completamente independiente. Lo que significaba renunciar a volver a casarme y a tener hijos. A parte de que no sé nada de la moda, esa era la razón principal por la que no prestaba atención a mi apariencia física... siempre y cuando fuera limpia y aseada, claro está. Pero entonces apareciste tú y...

Cleo, incapaz de continuar, se interrumpió y tuvo que sacar unos cuantos pañuelos de celulosa de la caja.

–¿Puedo hablar ya? –preguntó Byron con la calma de la que fue capaz.

–Supongo que sí –respondió Cleo sonándose la nariz.

–Comprendo perfectamente tu reacción cuando yo no utilicé el preservativo, y no creo que exageraras. Lo que quiero que sepas es que no lo hice intencionadamente. Fue un impulso, perdí la cabeza. Por supuesto, hubo un momento en el que me di cuenta de que podía ocurrir que te quedaras embarazada, pero egoístamente pensé en lo mucho que quería tener un hijo contigo. Ahora entiendo que te pareciera que te había traicionado y que lo había hecho aposta, solo para conseguir lo que quería. Y también ahora me doy cuenta de que solo estaba pensando en mí, en lo que yo quería, no en lo que tú querías ni en lo que sentías. Te quiero, Cleo, mi vida, y quiero casarme contigo. Por favor, di que sí. Y, por favor, no me digas que no me quieres porque sé que me amas, tú misma lo dijiste.

Cleo alzó la cabeza y sus ojos se agrandaron.

–¿Cómo sabes que hablaba en serio?

–Has dicho que me perdonabas.

Cleo se negó a rendirse tan fácilmente.

–Puede que te quiera y puede que no. ¿Y si es solo atracción física? ¡Byron, hace solo dos semanas que nos conocemos!

–Suficiente para mí. Me di cuenta de que te quería a los dos días. Pero si eso te importa tanto, propongo que...

Cleo alzó los ojos al techo.

–No, no, no te enfades. No voy a volver a proponerte matrimonio, todavía. Voy a pedirte que me des tres meses para demostrarte que realmente te quiero y que podemos ser muy felices juntos. No quiero controlarte, cariño. Me encanta que trabajes y me encanta que seas independiente. Me encanta cómo eres, tu integridad. Y ahora, ¿qué dices? ¿Me vas a conceder esos tres meses?

–Tres meses –repitió ella, encantada con tanto halago.

Entonces, Byron se levantó, se acercó a ella y la abrazó. Y la besó.

Y Cleo no puso ninguna objeción.

Capítulo 25

Viernes por la noche.
Tres meses y un día más tarde.

—¡Es esta noche, esta noche! —cantó Cleo mientras terminaba de arreglarse.

Byron la iba a llevar a un restaurante en el centro y le iba a volver a pedir que se casara con él, lo sabía. Y ella iba a decir que sí sin vacilación. En realidad, estaba deseándolo.

Sonó el timbre de la puerta y el corazón pareció querer salírsele del pecho. El hombre al que adoraba había llegado.

Cleo estaba charlando alegremente en el coche cuando se dio cuenta de que habían pasado el desvío hacia el centro y se estaban dirigiendo hacia el este, hacia una zona residencial.

—¿Adónde vamos?

—A un sitio íntimo y romántico para pedirte que te cases conmigo. Cenaremos después.

—¿Y si digo que no? —bromeó ella.

—No vas a hacer eso —respondió él sin vacilación.

—¿Has comprado el anillo que me gustaba? —el domingo anterior ella había señalado un anillo en un escaparate mientras paseaban por la ciudad.

—No.

–¿Por qué no?

–Era una baratija. Te mereces algo mucho mejor.

–Oh.

–Bueno, ya hemos llegado.

Cleo frunció el ceño cuando Byron abrió con un control remoto las puertas de la verja de una mansión en la zona del puerto

–Es la casa de mi padre.

–Creía que la había vendido.

–Sí, mañana se firma el contrato. Me ha dado permiso para venir aquí esta noche. La terraza de atrás tiene unas vistas magníficas. Es el sitio perfecto para pedirle que se case conmigo a la mujer que adoro.

–Para, por favor. Si sigues así voy a echarme a llorar.

–No, ni hablar, te estropearía el maquillaje y las fotos saldrían fatal.

–¿Las fotos?

–Sí, los selfies con la Casa de la Ópera y el puente al fondo.

Cleo se quedó boquiabierta cuando, después de recorrer un sendero, se detuvieron a la entrada de la mansión. La casa de dos pisos no era tan grande como un palacio, pero era palaciega, con columnas de mármol a la entrada y unos jardines aristocráticos.

–¿Vende tu padre la casa amueblada? –preguntó ella mientras cruzaban una zona de estar.

Aquella mansión era un auténtico sueño.

–Sí, sí, la vende amueblada.

–Quien la ha comprado debe ser muy rico.

–Sí, lo es.

Byron la llevó a la terraza posterior, las vistas eran espectaculares. Igual que la piscina y los jardines que se extendían y llegaban a la orilla del agua.

–Bueno, por fin –dijo Byron con un suspiro al tiempo que abría una caja negra. Dentro de la caja había un anillo que provocó las lágrimas de ella; no porque se tratara de un brillante grande y muy caro, sino por su significado.

–Cleo, ¿me harías el honor de casarte conmigo?

–Sí, claro que sí –respondió ella secándose las lágrimas, y entonces Byron le puso el anillo en el dedo.

–Bueno, ¿te gusta la casa?

–Es magnífica –respondió ella sonriendo.

–Es tuya. Tuya y mía, claro –aclaró Byron–. La he comprado yo. Papá quería regalármela, pero no me gusta tener algo que no he conseguido con mi propio esfuerzo.

–¡Oh, Byron!

Se besaron. Y volvieron a besarse. Cleo estaba en otro mundo cuando, de repente, alguien le tocó el hombro. Al volverse, vio a Lloyd Maddox y a su esposa deshaciéndose en sonrisas.

–Perdonad la interrupción, pero los invitados están todos apretujados en el pabellón de la piscina y quieren salir ya. ¿Podríamos empezar la fiesta?

Cleo miró a Lloyd Maddox y después a Byron.

–¿Has organizado una fiesta para celebrar nuestro compromiso?

–Sí –entonces, Byron gritó–: ¡Ya podéis salir!

Abrazos, risas, felicitaciones... Todo el mundo les deseó lo mejor. Entre los invitados estaban Doreen y Harvey, Scott y Sarah, Grace y su marido, Rosalind y Lara. Blake Randall y su última novia también estaban allí, más otras personas que ella no conocía, pero que conocían bien a Byron.

También aparecieron camareros con bebidas y comida. Cleo sospechaba que Gloria estaría en la cocina, supervisándolo todo.

En un momento de la fiesta, Cleo dijo a su futuro marido:

–Me encanta esta casa, así que estaba pensando que, como ya no voy a necesitar la mía, podría regalársela a Doreen. Así Harvey podría ir a vivir con ella y con Mungo.

–Me parece una muy buena idea –respondió Byron.

–Y se me ha ocurrido otra cosa también.

–¿Qué?

–A partir de esta noche no quiero que utilices protección.

Los ojos de Byron se encendieron.

–¿Lo dices en serio?

–Completamente en serio.

–Eso sí que es una buena idea –dijo Byron estrechándola en sus brazos.

Dos meses más tarde, cuando se casaron, Cleo ya estaba embarazada. Resultó ser una niña.

Harvey y Doreen se casaron justo antes de Navidad.

Sarah tuvo mellizos el veintiséis de enero. Al niño le pusieron de nombre Edward y a la niña Abigail.

Byron y Cleo llamaron April a su hija.

Acepte 2 de nuestras mejores novelas de amor GRATIS

¡Y reciba un regalo sorpresa!

Oferta especial de tiempo limitado

Rellene el cupón y envíelo a
Harlequin Reader Service®
3010 Walden Ave.
P.O. Box 1867
Buffalo, N.Y. 14240-1867

¡Sí! Por favor, envíenme 2 novelas de amor de Harlequin (1 Bianca® y 1 Deseo®) gratis, más el regalo sorpresa. Luego remítanme 4 novelas nuevas todos los meses, las cuales recibiré mucho antes de que aparezcan en librerías, y factúrenme al bajo precio de $3,24 cada una, más $0,25 por envío e impuesto de ventas, si corresponde*. Este es el precio total, y es un ahorro de casi el 20% sobre el precio de portada. ¡Una oferta excelente! Entiendo que el hecho de aceptar estos libros y el regalo no me obliga en forma alguna a la compra de libros adicionales. Y también que puedo devolver cualquier envío y cancelar en cualquier momento. Aún si decido no comprar ningún otro libro de Harlequin, los 2 libros gratis y el regalo sorpresa son míos para siempre.

416 LBN DU7N

Nombre y apellido	(Por favor, letra de molde)

Dirección	Apartamento No.

Ciudad	Estado	Zona postal

Esta oferta se limita a un pedido por hogar y no está disponible para los subscriptores actuales de Deseo® y Bianca®.
*Los términos y precios quedan sujetos a cambios sin aviso previo.
Impuestos de ventas aplican en N.Y.

SPN-03

No podía evitar querer llevárselo a la cama

JUEGOS PROHIBIDOS

KATHERINE GARBERA

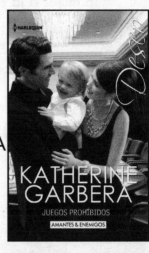

El gran magnate de los videojuegos Kell Montrose debía estar eufórico tras haberse apropiado de la compañía de los rivales de su familia y haber hecho rodar la cabeza de su presidenta, Emma Chandler. Pero había algo en aquella madre viuda que le estaba haciendo descubrir un lado tierno que no sabía que tuviera y una pasión que no podía contener.

Emma no quería ser un mal ejemplo para su hijo ni perder el legado de su familia. No iba a llegar a lo más alto doblegándose ante alguien tan avasallador como Kell, aunque la gran pregunta era: ¿por qué no podía contener el deseo de acostarse con él?

Bianca

**Estaba dispuesto a arriesgarlo todo por lo
único que le importaba de verdad...
la mujer a la que había perdido**

EL HOMBRE QUE LO ARRIESGÓ TODO

MICHELLE REID

Para Franco Tolle, el chico de oro de la jet set europea, la
vida era solo una carrera de lanchas motoras que surcaban el
Mediterráneo más azul. Rico y famoso, el joven heredero era un
hombre temerario al que nada le importaba.

Pero una vez corrió un riesgo demasiado alto... Presa de un arre-
bato de pasión, le puso un anillo de boda a Lexi Hamilton... Unos
meses más tarde, sin embargo, serían unos perfectos extraños.
Y la vida le pasaría factura; una factura muy larga...